COLLECTION FOLIO

Henry Miller

Plongée dans la vie nocturne...

précédé de

La boutique du Tailleur

Traduit de l'américain
par Henri Fluchère

Gallimard

Titre original :
BLACK SPRING

Ces nouvelles sont extraites
de *Printemps noir* (Folio n° 671)

Fils d'un tailleur de Brooklyn, Henry Miller naît à New York en décembre 1891. Il passe son enfance et son adolescence dans les rues de son quartier. Après de courtes études au City College de New York, il exerce divers métiers et devient chef des coursiers de la West Union Telegraph Company. Il se marie, mais quitte rapidement sa femme. En 1917 paraît son premier livre *Clipped Wings*, resté inédit. Il rencontre June Edith Smith dans un *dance palace* de Broadway ; elle l'encourage à se consacrer entièrement à la littérature. Le couple s'installe à Paris en 1930 où il mène une vie de bohème et se lie avec Anaïs Nin, Raymond Queneau et Blaise Cendrars. Miller écrit *Tropique du Cancer* en 1934, roman qu'il définit ainsi : « Un libelle, de la diffamation, de la calomnie, une vignette démesurée, un crachat à la face de l'art, un coup de pied dans le cul de Dieu, à l'homme, au destin, au temps, à la beauté, à l'amour. » Paraissent ensuite un recueil de nouvelles, *Printemps noir*, et *Tropique du Capricorne*. Jugés pornographiques, ces ouvrages sont interdits aux États-Unis, mais ils circulent clandestinement et le font connaître comme écrivain d'avant-garde. En 1939, fuyant la guerre, il séjourne à Corfou chez le romancier anglais Lawrence Durrell et y écrit *Le Colosse de Maroussi*, un livre consacré à la Grèce. De retour aux États-Unis, son voyage à travers le pays lui inspire *Le Cauchemar climatisé*

(1945), violente dénonciation du modernisme américain, et *Souvenirs, souvenirs* (1947). Il se fixe finalement en Californie à Big Sur, son « jardin des délices », où il mène une vie de reclus, partageant son temps entre l'écriture et la peinture. Entre 1949 et 1960 paraît une ambitieuse trilogie autobiographique, *La Crucifixion en rose*, composée de *Sexus, Plexus* et *Nexus*. Ce n'est qu'en 1961 que *Tropique du Cancer* est enfin publié dans son pays natal. Il meurt en 1980.

Écrivain de culture européenne, prodigieux conteur, il laisse une œuvre riche et sensuelle qui dénonce l'hypocrisie et le puritanisme de son pays.

Découvrez, lisez ou relisez les livres d'Henry Miller :

LE CAUCHEMAR CLIMATISÉ (Folio n° 1714)

PRINTEMPS NOIR (Folio n° 671)

TROPIQUE DU CANCER (Folio n° 261)

La boutique du Tailleur

Toujours vif et joyeux !
Voilà ma devise !

La journée commençait ainsi : « Demande à Un tel un petit quelque chose en acompte. *Mais surtout ne l'offense pas !* » C'est qu'ils étaient chatouilleux tous ces vieux cons de nos clients. Il y avait bien de quoi pousser le meilleur des hommes à boire. Nous étions installés juste en face de l'Olcott, Tailleurs de la Cinquième Avenue, bien que nous ne fussions pas sur l'Avenue même. Association du père et du fils, avec la mère pour s'occuper du pognon.

Le matin, dès huit heures ou à peu près, petite promenade intellectuelle de Delancey Street et la Bowery jusqu'au Waldorf. J'avais beau marcher vite, le vieux Bendix était toujours là avant moi, engueulant le coupeur parce que aucun des patrons n'était à l'ouvrage. Comment se fait-il que nous ne pouvions jamais arriver avant cette vieille charogne de Bendix ? Il n'avait rien à foutre, Bendix, que de courir du tailleur au chemisier, et du chemisier au bijoutier ; ses bagues étaient ou trop larges ou trop serrées, sa montre retardait de 25 secondes ou avançait de 33. Il engueulait tout le monde, y compris le médecin de famille, parce que celui-ci n'arrivait pas à lui débarrasser les reins de ses calculs. Si nous lui faisions un veston au mois d'août, en octobre il était trop grand, ou trop petit. Quand il ne trouvait plus aucun prétexte pour rouspéter, il se mettait à culotter à droite, rien que pour avoir le plaisir d'engueuler le pantalonnier parce qu'il se permettait de lui étrangler les couilles, à lui, H.W. Bendix. Un type impossible. Susceptible, lunatique, mesquin, maniaque, avare, capricieux, méchant. Quand je repense à tout ça maintenant, et que je vois le vieux s'asseyant à table avec son haleine puant l'alcool et disant : « merde ! personne pour se fendre d'un sourire, qu'est-ce que vous avez tous à faire des gueules pareilles ! » mon cœur se serre pour lui et pour tous les tailleurs obligés de lécher le cul des richards. Sans le bar de l'Olcott en face et les pochards qu'il y cueillait, Dieu sait ce qu'il serait devenu, le pauvre vieux ! Il ne trouvait certes pas de sympathie chez lui. Ma mère n'avait pas la moindre idée de ce que signifiait « lécher le cul des richards ». Elle ne savait faire qu'une chose : geindre et se lamenter toute la journée, et à force de lamentations et de gémissements, elle amena l'haleine puante et les chaussons aux pommes de terre refroidis. Et elle nous tapait si fortement sur le système avec son anxiété, que mon frère et moi en avalions de travers. Mon frère était un crétin qui portait sur les nerfs du vieux encore plus que H.W. Bendix avec ses « le pasteur Un tel part pour l'Europe »... « Le pasteur Un tel va ouvrir un jeu de boules »... « Le pasteur Un tel est un couillon. »... Et le vieux disait : « Pourquoi les chaussons sont-ils froids ? »

Il y avait trois Bendix — H.W., le grognon, A.F., que le vieux inscrivait dans le livre sous le nom d'Albert, et R.N. qui ne venait jamais à la boutique parce qu'on lui avait coupé les jambes, circonstance d'ailleurs qui ne l'empêchait pas d'user ses pantalons tout comme un autre. R.N. je ne l'ai jamais vu en chair et en os. Il n'était qu'un nom dans le livre, dont Bunchek le coupeur parlait avec bonne humeur, parce qu'il y avait toujours un petit schnaps à boire quand le temps venait d'essayer les pantalons neufs. Les trois frères étaient ennemis jurés. Jamais ils ne parlaient les uns des autres devant nous. Si Albert, qui était un peu cinglé, et avait un penchant pour les gilets à pois, apercevait une jaquette portant les mots H.W. Bendix écrits à l'encre verte sur l'étiquette d'essayage, il poussait un léger grognement et disait : « Ça sent le printemps aujourd'hui, hein ? » Il était bien entendu qu'il n'existait sur la terre aucun être répondant au nom de H.W. Bendix, encore qu'il fût non moins évident que nous ne fabriquions pas d'habits pour les fantômes.

Des trois frères, c'est Albert que je préférais. Il avait atteint cet âge mûr où les os deviennent aussi cassants que du verre. Sa colonne vertébrale avait pris la courbure naturelle à la vieillesse, comme s'il se préparait à se recroqueviller pour retourner dans la matrice. L'arrivée d'Albert s'annonçait par un grand boucan dans l'ascenseur. Jurons et grognements suivis d'un beau pourboire si l'ascenseur s'arrêtait exactement au niveau de notre magasin. S'il y manquait un quart de pouce, pas de pourboire, et Albert, avec ses os fragiles et son échine en cerceau, faisait un chahut de tous les diables, et n'arrivait jamais à choisir des boutons pour son gilet à pois, son *dernier* gilet à pois. (À la mort d'Albert, j'héritai de tous ses gilets ; ils m'ont duré jusqu'à la fin de la guerre.) Si par hasard, et cela arrivait parfois, le vieux était en face, en train de boire un petit coup lorsque Albert arrivait, toute la journée allait de travers. Je me souviens de périodes où Albert était si fâché contre le vieux qu'on ne le voyait plus de trois jours. Pendant ce temps, les boutons traînaient sur leurs petits cartons, et il n'était question que de boutons de gilet, boutons de gilet, comme si le gilet lui-même n'avait aucune importance, mais seulement les boutons. Plus tard, lorsque Albert se fut habitué aux manières désinvoltes du vieux — ils avaient eu le temps de s'habituer l'un à l'autre pendant vingt-sept ans — il donnait un coup de téléphone pour annoncer qu'il se mettait en route, et, avant de raccrocher, il ajoutait : « J'espère qu'il n'y a pas d'inconvénient à ce que je vienne vers onze heures... je ne vous dérangerai pas ? » Cette petite question avait un double but. Cela voulait dire : « J'espère que vous aurez la décence d'être là quand j'arriverai, au lieu de me faire poireauter une heure pendant que vous vous rincez le lampion avec vos potes d'en face. » Et cela signifiait aussi : « À onze heures, je suppose qu'il n'y a plus de danger de tomber sur un certain individu dont les initiales sont H.W. » Pendant vingt-sept ans nous avons peut-être fabriqué 1 578 vêtements aux trois frères Bendix sans qu'ils se fussent jamais rencontrés, en notre présence tout au moins. À la mort d'Albert, R.N. et H.W. portèrent tous deux un brassard de deuil sur la manche gauche de leurs vestons et de leurs pardessus — ceux qui n'étaient pas noirs. Mais il ne fut pas question du mort, ni même de *qui* il était. R.N. avait naturellement une excellente excuse pour ne pas aller à l'enterrement — il n'avait plus de jambes. Quant à H.W. il était bien trop rat et trop orgueilleux pour s'inquiéter même d'en donner une.

C'est vers les dix heures que le vieux descendait généralement siffler son premier verre. J'avais pris l'habitude de me poster devant la fenêtre qui donnait sur l'hôtel, et je regardais Georges Sandusky hisser les grosses malles sur les taxis. Quand il n'y avait pas de malle à charger, Georges restait là, les mains derrière le dos, à faire des salamalecs aux clients qui entraient et sortaient des tambours. Il y avait environ douze ans que Georges Sandusky chargeait les malles, faisait des salamalecs, et ouvrait des portes lorsque j'entrai dans l'affaire de mon père et pris mon poste à la fenêtre. C'était un homme charmant, à la voix douce, aux beaux cheveux blancs, et fort comme un bœuf. Il avait élevé le léchage de cul à la hauteur d'un art. Je fus stupéfait de le voir monter chez nous un jour et nous commander un complet. Pendant ses heures de congé c'était un Monsieur que Georges Sandusky ! Il avait des goûts discrets — toujours une serge bleue ou un gris Oxford. Un homme qui savait se conduire à un enterrement ou un mariage.

Lorsque je le connus davantage, il me donna à comprendre qu'il avait trouvé Jésus. Grâce à sa langue bien lisse, à ses biceps, et à l'active collaboration dudit Jésus, il était arrivé à se faire une bonne pelote, un petit quelque chose pour se mettre à l'abri des horreurs de la vieillesse. Il était le seul homme que j'aie rencontré à cette époque qui n'eût pas pris une assurance sur la vie. Il soutenait que Dieu prendrait soin de ceux qui lui survivraient, tout comme il avait pris soin de lui, Georges Sandusky. Il ne craignait pas que le monde s'écroulât à sa mort. Jusqu'à ce jour, Dieu avait pris soin de tout et de tous ; nulle raison de supposer qu'il faillît à son boulot après la mort de

Georges Sandusky. Lorsque, enfin il se retira, il fut difficile à remplacer. Personne n'était assez mielleux ni onctueux pour faire l'affaire. Personne ne savait se prosterner, s'humilier comme Georges. Le vieux eut toujours beaucoup d'affection pour Georges. De temps en temps il essayait de le persuader d'aller prendre un verre, mais Georges refusa toujours avec cette politesse habituelle et têtue qui l'avait rendu cher aux clients de l'Olcott.

Le vieux avait souvent des mouvements d'humeur pendant lesquels il aurait demandé à n'importe qui, — fût-ce à Georges Sandusky, d'aller boire un verre avec lui. D'ordinaire, c'était le soir d'un jour où tout avait marché de travers, où l'on n'avait reçu que des traites. Parfois une semaine entière passait sans qu'on vît un client, ou, s'il en paraissait un, c'était pour se plaindre, demander une retouche, emmerder le coupeur, ou obtenir une réduction. Tout cela donnait un tel cafard au vieux, qu'il prenait son chapeau et allait boire un coup. Au lieu d'aller en face comme d'habitude, il déviait un peu de son chemin, faisait une apparition au Broztell ou au Breslin, et parfois même poussait jusqu'à l'Ansonia, où son idole, Julien Legree, avait un appartement.

Julien, qui était alors l'idole du public, ne portait que des costumes gris, gris de toutes nuances, mais rien que du gris. Il avait cette allure crâneuse si déprimante, particulière aux acteurs anglais, avec leurs faces de bifteck saignant, qu'on trouve partout échangeant des histoires avec des placiers en tissus, négociants en liqueurs et autres andouilles. Son accent seul suffisait à attirer les badauds autour de lui. C'était l'Anglais au sens traditionnel du théâtre, un Anglais tiède, savonneux, gluant, qui donne à la pensée la plus insipide un semblant d'intérêt. Julien ne disait jamais rien qui valût la peine d'être rapporté, mais cette voix qu'il avait produisait sur ses admirateurs un effet magique. Parfois, quand il partait en bordée avec le vieux, il ramassait un vieux raté dans le genre de Corse Payton, qui jouait de l'autre côté de l'eau dans les petits théâtres à cent sous. Corse Payton était l'idole de Brooklyn ! Corse Payton était à l'art ce que Pat McCarren était à la politique.

Ce que le vieux avait à dire durant ces discussions restait toujours pour moi une source de mystère. Le vieux n'avait jamais lu un bouquin de sa vie, ni n'avait-il été au théâtre depuis le temps où le Bowery céda la place à Broadway. Je le vois d'ici, debout devant le bar — Julien aimait beaucoup le caviar et l'esturgeon qu'on servait à l'Olcott — séchant tout comme un chien assoiffé. Les deux chéris du public commentaient Shakespeare — laquelle de *Hamlet* ou de *Lear* était la plus belle pièce jamais écrite. Ou bien on discutait des mérites de Bob Ingersoll.

Derrière le comptoir, il y avait alors trois vaillants Irlandais, trois de ces types abjects qui faisaient des bars de cette époque les lieux sympathiques qu'ils étaient. On les estimait tellement tous les trois, que l'on considérait comme un privilège si Patsy O'Dowd par exemple vous appelait sacré dégénéré, fils de putain, suceur de bite qui ne savait même pas boutonner sa braguette. Et si, en retour du compliment, vous lui proposiez de prendre un petit quelque chose, Patsy O'Dowd répondait froidement et sarcastiquement que seuls des gens de votre espèce pouvaient ingurgiter des tord-boyaux pareils, et, ce disant, il levait avec dédain votre verre par le pied pour essuyer l'acajou, puisque c'était son métier et qu'il était payé pour cela, mais nom de Dieu ! vous ne pourriez pas le persuader de s'empoisonner les tripes avec cette drogue infecte. Plus ses insultes étaient ordurières, plus il était estimé ; des financiers habitués à ce qu'on leur torchât le cul avec des pochettes de soie venaient en ville exprès, après la fermeture de la Bourse, rien que pour se faire traiter de sacré fils de putain dégénéré suceur de bite par ce sale cochon d'Irlandais mal embouché. C'était pour eux le couronnement d'un beau jour.

Le patron de cet établissement était un petit bonhomme trapu, aux guibolles aristocratiques, au faciès léonin. Il marchait toujours la panse en avant, un tonnelet de vin caché sous son gilet. Il faisait un petit signe de tête raide et arrogant aux poivrots alignés au bar, à moins qu'ils ne fussent des clients de l'hôtel, auquel cas il s'arrêtait un moment, tendait trois petits doigts gras, aux veines bleues, puis frisant sa moustache, il faisait une pirouette avec précaution, non sans faire craquer ses souliers, et s'éclipsait. C'était le seul ennemi du vieux. Le vieux ne pouvait littéralement pas l'encaisser. Il avait l'impression que Tom Moffat le regardait de haut. Aussi, lorsque celui-ci vint commander un costume, le vieux lui compta dix ou quinze pour cent de plus pour compenser l'accroc fait à son amour-propre. Mais Tom Moffat était un aristocrate authentique : il ne discutait jamais un prix et ne payait jamais ses notes. Si nous le talonnions, il chargeait son comptable de trouver une erreur dans nos comptes. Et quand venait le moment de commander une autre paire de pantalons de flanelle, ou une jaquette, ou un smoking, il arrivait toutes voiles dehors avec sa belle dignité habituelle, plastronnant, la moustache bien cirée, les souliers reluisants et qui grinçaient comme d'habitude. Alors, avec son air d'indifférence dégoûtée et de dédain supérieur, il disait au vieux : « Eh bien, avez-vous enfin arrangé cette petite erreur ? » — sur quoi, le vieux, fou de rage, faisait passer un coupon défraîchi, ou quelque rossignol de fabrication américaine à son ennemi Tom Moffat. Il s'ensuivait une longue correspondance au sujet de *la petite erreur* dans nos comptes. Le vieux était hors de lui. Il engagea un expert comptable, qui fit des chiffres interminables, mais sans résultat. Enfin le vieux accoucha d'une idée.

Un jour, vers midi, après avoir pris sa ration habituelle et avoir régalé tous les représentants en tissus qui se trouvaient au bar, il ramassa tranquillement les fiches, détacha un petit crayon en argent de sa chaîne de montre, et les signa. Puis, les poussant vers Patsy O'Dowd : « Dis à Moffat de mettre cela à mon compte », dit-il. Puis il se leva tranquillement, et après avoir invité quelques copains choisis, il prit une table dans la salle à manger, et commanda un bon gueuleton. Et lorsque Adrien le grenouillard[1] présenta la note, il dit avec un grand calme : « Donne-moi un crayon. Là ! Voilà mon paraphe... Fais mettre à mon compte ! » Comme il trouvait plus agréable de manger en société, il invitait toujours ses copains à déjeuner, disant à qui voulait l'entendre : « Si ce cochon de Moffat ne veut pas payer ses habits, eh bien, nous les boufferons. » Et ce disant, il commandait un pigeonneau bien dodu, ou une langouste à la Newburg arrosés d'une bonne bouteille de moselle, ou tout autre cru qu'Adrien le grenouillard pouvait lui recommander.

1. Appellation vulgaire du Français en Amérique.

Tom Moffat, si curieux que cela paraisse, prétendait n'accorder aucune importance à tout cela. Il continuait à commander le même nombre de costumes, été comme hiver ; il continuait aussi à se chamailler pour les factures, ce qui lui était plus facile, puisque celles-ci se compliquaient maintenant d'additions de bar, de jetons de téléphone, de pigeonneaux, de homards, de champagne, de fraises, de bénédictines, etc. En fait, le vieux mangeait les factures à une telle allure, que Moffat aux tibias fuselés n'arrivait pas à user ses vêtements assez vite. S'il entrait commander un vêtement de flanelle, le vieux l'avait déjà bouffé le lendemain.

Finalement, Moffat manifesta un désir sincère d'arranger les choses. La correspondance cessa. Me tapant sur l'épaule un jour qu'il me rencontra dans le couloir, il prit son air le plus cordial et m'invita à monter dans son bureau. Il me dit qu'il m'avait toujours considéré comme un garçon sensé et que nous pourrions sans doute arranger l'affaire entre nous, sans tracasser le vieux. Je vérifiai les comptes et m'aperçus que le vieux avait dévoré bien au-delà de son dû. J'avais probablement mangé quelques raglans et vestons de chasse pour ma part. Il n'y avait qu'une chose à faire si nous voulions conserver la clientèle méprisable de Tom Moffat, c'était de découvrir une erreur dans ses comptes. J'emportai un paquet de factures, et je promis au vieux radoteur d'approfondir l'affaire.

Le vieux fut ravi de la tournure que prenaient les choses. Nous mîmes des années à approfondir l'affaire. Chaque fois que Tom Moffat venait commander un costume, le vieux l'accueillait gaiement et disait : « Avez-vous rectifié cette petite erreur ?... Voici un beau "grain de poudre", que j'ai mis de côté pour vous. » Moffat fronçait le sourcil, faisait la grimace, se pavanait — avance et recule — comme un dindon, la crête hérissée, ses petites jambes maigres bleues de colère. Une demi-heure plus tard, le vieux était planté devant le bar à se rincer le gosier. « Viens de vendre un autre smoking à Moffat », disait-il. — « À propos, Julien, que proposes-tu pour le déjeuner ? »

C'est vers midi, comme je le disais, que le vieux descendait généralement prendre un apéritif. Le déjeuner durait de midi à quatre ou cinq heures de l'après-midi. C'est extraordinaire ce que le vieux était entouré dans ce temps-là ! Après déjeuner, la bande chancelante sortait de l'ascenseur, crachant et rigolant.

Il y avait Ferd Pattee, qui vendait des doublures de soie et des fournitures, bobines de fil, boutons, rembourrage d'épaules, toile à bâtir, etc. Une grande carcasse d'homme, semblable à un navire de ligne malmené par un typhon, et qui déambulait toujours comme un somnambule ; il était si harassé qu'il pouvait à peine remuer les lèvres, et pourtant ce léger mouvement des lèvres les faisait tous se tordre de rire. Toujours à marmonner tout bas — de fromages en particulier. — Il adorait le fromage, surtout le schmierkäse et le limburger — plus il étaient moisis, meilleurs ils étaient. Entre les fromages, il racontait des histoires sur Heine et Schubert, ou bien il demandait qu'on grattât une allumette juste au moment où il allait faire un pet, et qu'on la tienne sous son séant pour lui dire la couleur de la flamme. Il ne disait jamais adieu ni à demain ; il reprenait son sujet là où il l'avait laissé la veille, comme s'il n'y avait eu aucune interruption. Qu'il fût neuf heures du matin ou six heures du soir, il allait du même pas traînant, lent, exaspérant, marmottant dans ses godasses, la tête basse, ses doublures et fournitures sous le bras, l'haleine fétide, le nez pourpre et luisant. Il s'élançait tête baissée au milieu de la circulation la plus intense, schmierkäse dans une poche et limburger dans l'autre. En sortant de l'ascenseur, il disait de sa voix lasse et monotone qu'il avait quelques doublures nouvelles, et le fromage était bon hier soir. Pensiez-vous à lui rendre le livre qu'il vous avait prêté ? « Faudrait voir à payer si vous voulez d'autres marchandises », ou « Voulez-vous voir des images cochonnes ? S'il vous plaît, grattez-moi le dos, là, un peu plus haut, ça y est. Excusez-moi, je vais péter — dites-moi, avez-vous l'heure ? Je ne peux pas perdre toute ma journée ici, faudrait dire au vieux de mettre son chapeau, qu'on aille prendre un verre. » Toujours marmonnant et grognant, il vire sur ses bateaux et presse le bouton de l'ascenseur, tandis que le vieux, le chapeau de paille en bataille, s'élance au fond de la boutique d'une glissade de gardien de but, le visage illuminé d'amitié et de reconnaissance, disant : « Eh bien, Ferd, comment va ce matin ? Je suis ravi de te voir. » Et le masque lourd de Ferd se détend pour un instant, en un vaste sourire aimable. Rien qu'une seconde, puis, élevant la voix, il se met à beugler si fort que même Tom Moffat de l'autre côté de la rue peut l'entendre : « FAUDRAIT VOIR À PAYER BIENTÔT, BOUGRE DE SALAUD, CROYEZ-VOUS QUE JE VENDE TOUT CE FOURBI POUR DES PRUNES ? »

Sitôt l'ascenseur descendu, le petit Rubin sort de l'atelier, l'air égaré, et me dit : « Voulez-vous que je vous chante quelque chose ? » Il sait foutre bien que oui ! Donc, il retourne à son banc, ramasse le veston qu'il est en train de coudre, et poussant un cri de cosaque, il y va.

Si vous le rencontriez dans la rue, le petit Rubin, vous diriez « sale petit youpin » — et peut-être bien qu'il était un sale petit youpin, mais il savait chanter, et quand vous étiez à sec il savait mettre la main à la poche, et si vous aviez le noir il l'avait encore plus que vous, et si vous lui marchiez sur les pieds il vous crachait sur les souliers, et si vous vous excusiez, il les essuyait, il vous donnait un coup de brosse et vous faisait un magnifique pli au pantalon, comme Jésus H. Christ lui-même n'aurait pu le faire !

Ils étaient tous des moucherons à l'atelier — Rubin, Rapp et Chaimowitz. À midi, ils sortaient de grosses miches de pain juif qu'ils barbouillaient de beurre et de tranches de saumon fumé. Pendant que le vieux se commandait des pigeonneaux et du vin du Rhin, Bunchek le coupeur et les trois petits ouvriers étaient assis sur le banc, au milieu des carreaux des jambes et des manches, à parler avec grand sérieux de choses comme le loyer ou les ulcères que Mme Chaimowitz avait à l'utérus. Bunchek était un membre zélé du parti sioniste. Il croyait que les Juifs avaient un bel avenir devant eux. Mais malgré tout il ne pouvait arriver à prononcer un mot comme « foutre ». Il disait toujours : « Il l'a *fouchtrue.* » Outre sa passion pour le sionisme, Bunchek avait une autre obsession : c'était de faire un jour un veston qui prenne bien le cou. Presque tous les clients avaient le dos rond et le ventre rebondi — surtout les vieux cons qui n'avaient rien à foutre toute la sainte journée que de courir du chemisier au tailleur, du tailleur au bijoutier, du bijoutier au dentiste et du dentiste au pharmacien. Il y avait toujours tant de retouches à faire qu'au moment où les vêtements étaient enfin prêts, la saison était finie, et il fallait les renfermer jusqu'à l'année suivante, et l'année suivante ces vieux cons avaient pris vingt livres ou en avaient perdu autant, et entre le sucre qu'ils avaient dans les urines et l'eau qu'ils avaient dans le sang, c'était le diable pour les satisfaire, même quand les vêtements allaient bien.

Et puis, il y avait Paul Dexter, un type qui valait 10 000 dollars par an, mais qui était sempiternel chômeur. Une fois, il faillit trouver un emploi, mais de 9 000 dollars seulement, et sa fierté ne lui permit pas de l'accepter. Et puisqu'il était important d'être bien habillé, pour traquer ce boulot mythique, Paul se sentait obligé de donner sa clientèle à un bon tailleur, genre du vieux. Une fois qu'il aurait déniché sa place, on paierait tout l'arriéré. Paul n'avait pas le moindre doute à ce sujet. Il était foncièrement honnête, mais c'était un rêveur. Il venait d'Indiana, et comme tous les rêveurs d'Indiana, il avait un caractère si aimable, des manières si douces, si moelleuses, si mielleuses, que s'il avait commis le crime d'inceste, le monde le lui aurait pardonné. Quand il portait la cravate convenable, quand il avait bien choisi sa canne et ses gants, quand ses revers étaient gentiment roulés et que ses souliers ne criaient pas, quand il avait un flacon de whisky dans le bide et que le temps n'était pas trop humide ou maussade, c'est alors qu'émanait de sa personne un tel fluide de chaude sympathie et de compréhension, que même les voyageurs en mercerie, si endurcis qu'ils fussent aux suavités du langage, fondaient littéralement dans leurs souliers. Paul, lorsque toutes les circonstances étaient favorables, pouvait s'avancer vers quelqu'un, n'importe qui foulant la verte terre de Dieu, et, le saisissant par le revers de son veston, le noyer dans des flots d'amitié. Je n'ai jamais vu personne ayant un tel pouvoir de persuasion, un tel magnétisme. Quand le flot montait en lui, il était irrésistible.

Paul avait coutume de dire : « Commencez par Marc Aurèle, ou Épictète, et le reste viendra de soi. » Il ne conseillait pas d'apprendre le chinois ou le provençal : il commençait à la chute de l'Empire Romain. Ma grande ambition dans ce temps-là était de mériter l'approbation de Paul — mais Paul était difficile à plaire. Il fronça le sourcil quand je lui montrai *Ainsi parlait Zarathoustra.* Il fronça le sourcil lorsqu'il me vit assis sur le banc avec les moucherons, essayant de leur faire comprendre *L'Évolution créatrice.* Par-dessus tout, il haïssait les Juifs. Quand Bunchek, le coupeur, se montrait, un centimètre autour du cou et un bout de craie à la main, Paul devenait extrêmement poli et condescendant. Il savait que Bunchek le méprisait, mais parce que Bunchek était le bras droit du vieux, il lui passait la brosse et le lardait de compliments. Tant et si bien qu'à la fin même Bunchek fut forcé d'admettre que Paul avait un quelque chose, quelque étrange note personnelle qui, en dépit de ses défauts, le rendait cher à tous.

Au-dehors, Paul était toute gaieté. Mais au fond, il était morose. De temps à autre, sa femme Cora s'amenait, les yeux débordants de larmes, et suppliait le vieux de prendre Paul en main. Ils se tenaient près de la table ronde devant la fenêtre, et bavardaient à voix basse. Elle était belle, sa femme, grande, sculpturale, avec une voix profonde de contralto qui semblait frémir d'angoisse toutes les fois qu'elle prononçait le nom de Paul. Je voyais le vieux qui lui mettait la main sur l'épaule, l'apaisait, lui promettant toutes sortes de choses sans doute. Elle aimait bien le vieux, c'était visible. Elle se tenait tout contre lui, et plongeait son regard dans ses yeux d'une manière irrésistible. Parfois le vieux prenait son chapeau, et ils descendaient tous deux dans l'ascenseur, se donnant le bras, comme s'ils allaient à un enterrement. À la recherche de Paul, une fois de plus. Personne ne savait où le trouver quand la folie de boire le prenait. Pendant des jours entiers il disparaissait. Puis, un beau matin, il s'aboulait, honteux, contrit, humilié, implorant le pardon de tous. En même temps, il apportait son costume pour un nettoyage à sec, pour qu'on enlève les taches de vomi, et qu'on répare un peu les genoux.

C'est après une bordée que Paul parlait avec le plus d'éloquence. Il s'installait tout à son aise dans un des grands fauteuils de cuir, ses gants dans une main, sa canne entre les jambes, et il discourait sur Marc Aurèle. Il parlait encore mieux au sortir de l'hôpital, après qu'on lui eut guéri sa fistule. La façon dont il se laissait couler dans le grand fauteuil de cuir me faisait penser qu'il venait expressément à la boutique, parce que nulle part ailleurs il ne trouverait des sièges aussi confortables. S'asseoir ou se lever était une opération douloureuse. Mais une fois fait, Paul semblait nager dans la félicité, et les mots coulaient de ses lèvres comme du velours liquide. Le vieux pouvait l'écouter toute la journée. Il disait que Paul avait la langue bien pendue, mais ce n'était là qu'une façon détournée de dire que Paul était la plus adorable créature de la terre, et qu'il avait du cœur au ventre. Aussi, lorsque Paul était trop plein de scrupules pour se commander un autre costume, le vieux le cajolait jusqu'à ce qu'il le fît, ne cessant de lui répéter : « rien n'est trop beau pour vous, Paul, rien !... »

Paul, lui aussi, devait sentir entre eux une certaine parenté de nature. Je n'ai jamais vu deux hommes se contempler avec une aussi ardente admiration. Parfois, ils restaient l'un devant l'autre, les yeux dans les yeux, à s'adorer jusqu'à ce que les larmes leur vinssent. Ni l'un ni l'autre, en vérité, n'avait honte de montrer ses larmes, ce qui paraît bien extraordinaire aujourd'hui. Je revois la bonne figure de Paul, pleine de taches de rousseur, et ses grosses lèvres un peu bredouillantes qui se crispaient, tandis que le vieux lui répétait pour la millième fois quel type épatant il était. Paul ne parlait jamais au vieux de choses qu'il n'eût pas comprises. Mais dans les choses simples de tous les jours, dont il discourait avec tant de sérieux, il mettait une telle tendresse, que lorsque Paul s'en allait, l'âme du vieux semblait quitter son corps, et il demeurait là, comme privé de lui-même. Alors, il allait s'asseoir dans le petit réduit qui servait de bureau, et il restait tout seul à fixer un regard extasié sur la rangée de petits casiers, pleins de lettres à répondre et de factures impayées. Cela me touchait tellement de le voir dans un de ces états, que je descendais furtivement l'escalier et rentrais à pied par l'Avenue jusqu'à la Bowery, le long de la Bowery jusqu'au pont de Brooklyn, et, passé le pont, je longeais le chapelet de boîtes de nuit qui s'étendaient de City Hall jusqu'à Fulton Ferry. Et si c'était par un soir d'été, et que les entrées fussent bondées de flâneurs, j'interrogeais avidement ces corps harassés, me demandant combien il y avait de Paul parmi eux, et qu'est-ce qu'il y a donc bon Dieu qui rend ces ratés évidents si chers aux hommes. Les autres, ceux qui réussissent, je les avais vus pantalon bas. J'avais vu leurs échines tordues, leurs os fragiles, leurs veines à varices, leurs tumeurs, leurs poitrines creuses, leurs gros sacs-à-viande devenus informes après des années de boustifaille. Ah oui ! je les connaissais bien, tous ces couillons à doublure de soie ! Nous avions les meilleures familles d'Amérique sur nos listes. Et quelle puanteur, quelle ordure, quand ils ouvraient leur sale gueule ! Il semblait que se déshabiller devant leur tailleur les contraignît à décharger leurs cochonneries accumulées dans les égouts obstrués qu'étaient devenus leurs cerveaux. Toutes les belles maladies de la richesse et de l'ennui. Ils parlaient d'eux-mêmes jusqu'à la nausée. Toujours « moi », « moi ! » Moi et mes reins. Moi et ma goutte. Moi et mon foie. Quand je pense aux terribles hémorroïdes de Paul, à la merveilleuse fistule guérie, à tout l'amour et la sagesse qui résultèrent de ses atroces blessures, il me semble alors que Paul n'appartenait pas à notre âge, mais qu'il était le frère juré de Moïse Maimonides, qui, au temps des Mores, nous donna ces extraordinaires et savants traités sur « les hémorroïdes, les verrues, les boutons », etc.

Pour tous ces hommes que le vieux avait tant chéris, la mort fut prompte et inattendue. Dans le cas de Paul, cela se produisit au bord de la mer. Il se noya dans un pied d'eau. Arrêt du cœur, dit-on. C'est ainsi qu'un beau jour Cora sortit de l'ascenseur, vêtue de ses beaux voiles de deuil, et nous inonda de ses larmes. Jamais elle ne m'avait paru aussi belle, aussi svelte, aussi sculpturale. Son cul en particulier. Je me rappelle comme le velours moulait son corps. Les voici de nouveau près de la table ronde devant la fenêtre, et cette fois-ci, elle pleurait abondamment. Et de nouveau, le vieux prit son chapeau, et ils descendirent ensemble dans l'ascenseur, se tenant par le bras.

Un peu plus tard, le vieux, poussé par quelque étrange lubie, me pressa d'aller rendre visite à la femme de Paul, pour lui offrir mes condoléances. Quand je sonnai chez elle, j'étais tout tremblant. Je m'attendais presque à la voir paraître entièrement nue, avec peut-être une écharpe de deuil autour des seins. J'étais follement épris de sa beauté, de sa maturité, de cette somnolence végétale qu'elle avait apportée d'Indiana, et du parfum qui la baignait. Elle me reçut en robe de deuil décolletée, une belle robe de velours noir qui collait à son corps. C'était la première fois que je me trouvais en tête à tête avec une femme en deuil, une femme dont les seins semblaient sangloter tout haut. Je ne savais que lui dire, surtout à propos de Paul. Je me mis à bredouiller et à rougir, et quand elle me fit asseoir près d'elle sur le divan, je faillis tomber sur elle, tant je me sentais embarrassé.

Assis là, sur le divan bas, la pièce noyée dans une douce pénombre, ses flancs lourds et palpitants pressés contre moi, le malaga qui faisait battre mes tempes, et tout cet absurde bavardage au sujet de Paul et de ses vertus, je finis par me pencher sur elle, et sans dire un mot, je soulevai sa robe et le lui mis. À mesure que je la pénétrais et commençais de la besogner, elle se mit à gémir. C'était une sorte de délire triste et coupable, ponctué de soupirs haletants et de petits cris de joie et d'angoisse, répétant inlassablement : « Je n'aurais jamais cru que vous feriez cela... je n'aurais jamais cru que vous feriez cela... » Et quand ce fut fini, elle arracha la robe de velours, la belle robe de deuil décolletée, et elle m'abaissa la tête contre elle et me dit de l'embrasser, et de ses beaux bras vigoureux elle m'enfonça presque la tête entre ses cuisses, sans cesser de gémir et de sangloter. Enfin elle s'agenouilla près du divan où j'étais allongé et me dit d'une voix basse, tout éplorée : « Tu me promets de m'aimer toujours, n'est-ce pas ? Tu me le promets ? » Et je répondis oui, tandis que ma main fourrageait encore entre ses cuisses. Je répondis oui, tout en pensant en moi-même quel idiot tu as été d'attendre si longtemps. Elle était si mouillée, si juteuse là-dedans, et si enfantine, si confiante, eh quoi ! n'importe qui aurait pu entrer et se servir. Une femme à culbuter.

Toujours vif et joyeux ! Régulièrement, à chaque saison, quelques morts. Tantôt, c'était un bon type comme Paul, ou Julien Legree, tantôt un barman qui s'était curé le nez avec un clou rouillé — plein de santé aujourd'hui, mort le lendemain, mais régulièrement, comme la roue des saisons elle-même, les vieilles buses tombaient dans le néant, l'un après l'autre. *Alors*, rien à faire qu'à tirer un trait rouge sur le côté droit du grand livre en écrivant au-dessus : *décédé*. Chaque décès nous valait un peu de boulot — un complet noir, ou un brassard de deuil sur la manche de tous les costumes. Ceux qui ne commandaient que des brassards étaient des pingres, selon le vieux. Et il avait bien raison.

À mesure que les vieux mouraient, ils étaient remplacés par du sang frais. *Du sang frais !* C'était là le cri de guerre tout le long de l'Avenue, partout où se vendaient des costumes doublés de soie. Foutue bande qu'ils étaient, les sang frais ! Joueurs, racoleurs du champ de courses, agents de change, acteurs à la manque, boxeurs, etc. Riches un jour, fauchés le lendemain. Sans honneur, ni loyauté, ni sens des responsabilités. Belle bande de syphilitiques gangrenés, pour la plupart. Retour de Paris ou de Monte-Carlo avec des cartes postales obscènes, et un chapelet d'énormes ganglions bleus dans l'aine. Quelques-uns avec des couilles aussi grosses que de la fressure d'agneau.

L'un d'eux était le Baron Carola von Eschenbach. Il avait gagné un peu d'argent à Hollywood en posant pour le Kronprinz. C'était le temps où on croyait drôle à se tordre de voir le Kronprinz tout constellé d'œufs pourris. On doit bien dire en faveur du Baron qu'il faisait une excellente doublure du Kronprinz. Tête de mort au nez arrogant, démarche irascible, taille corsetée, maigre et extasié comme Martin Luther, sévère, renfrogné, fanatique, avec ce regard vide et effronté des Junkers. Avant d'aller à Hollywood, il n'était rien qu'un zéro, le fils d'un brasseur de Francfort. Pas même un Baron. Mais avoir été bien roué de coups comme un ballon d'entraînement, les dents de devant enfoncées jusque dans la gorge et une profonde cicatrice à la joue gauche taillée avec un tesson de bouteille, après qu'on lui eut appris à arborer une cravate rouge, à faire tournoyer une badine et à couper sa moustache à la Charlot, alors il devint quelqu'un. Il se colla un monocle à l'œil et se fit appeler Baron Carola von Eschenbach. Tout aurait pu bien tourner pour lui, s'il ne s'était pas toqué d'une figurante rousse rongée de syphilis. Ce qui l'acheva.

Il sortit de l'ascenseur un jour, jaquette et guêtres, une belle rose rouge à la boutonnière et le monocle collé à l'œil. Il paraissait alerte et élégant, et la carte qu'il tira de son portefeuille était joliment gravée. Elle portait un blason qui appartenait à la famille depuis neuf cents ans, disait-il. Il appelait cela « le squelette de famille ». Le vieux fut aux anges de compter un baron parmi ses clients, surtout s'il payait comptant, comme celui-ci promettait de le faire. Et puis, c'était réjouissant aussi de voir débarquer le baron une petite femme sous chaque bras — et toutes les fois une nouvelle paire. Encore plus réjouissant lorsqu'il les faisait entrer dans le salon d'essayage pour l'aider à se déculotter. Habitude européenne, disait-il en guise d'explication.

Peu à peu, il fit la connaissance de tous les vieux compères qui traînaient devant le magasin. Il leur montrait comment le Kronprinz marchait, s'asseyait, souriait. Un jour il amena une flûte et nous joua la *Lorelei.* Un autre jour il entra avec un doigt de ses gants de pécari qui sortait de la braguette. Chaque jour, c'était une nouvelle plaisanterie. Il était gai, spirituel, amusant. Il connaissait mille histoires, quelques-unes tout à fait inédites. C'était un type roulant.

Et puis, un jour, il me prit à part, et me demanda si je pouvais lui prêter dix ronds — pour le tram. Il ajouta qu'il ne pouvait pas payer les costumes qu'il avait commandés, mais qu'il attendait pour bientôt une place de pianiste dans un petit cinéma de la Neuvième Avenue. Et brusquement, il se mit à pleurer. Nous étions dans le salon d'essayage, et les rideaux étaient tirés, heureusement. Je dus lui prêter un mouchoir pour s'essuyer les yeux. Il me dit qu'il en avait assez de faire le pitre, qu'il venait chez nous tous les jours parce qu'il y faisait chaud, et qu'il y avait de bons fauteuils. Il me demanda si je pouvais l'emmener déjeuner —

il n'avait rien pris depuis trois jours que du café et des brioches.

Je l'emmenai dans un petit restaurant allemand de la Troisième Avenue, boulangerie et restaurant combinés. L'atmosphère de l'endroit le démoralisa complètement. Il ne put parler que du vieux temps, du bon vieux temps de l'avant-guerre. Il voulait se faire peintre, lorsque la guerre arriva. Je l'écoutai attentivement, et lorsqu'il eut fini de parler, je lui proposai de venir dîner chez moi le soir — peut-être pourrais-je le caser aussi. Il était débordant de reconnaissance. Bien sûr qu'il viendrait ! À sept heures tapant ! Magnifique !

À table, il amusa ma femme avec ses histoires. Je n'avais pas dit qu'il était fauché — seulement qu'il était Baron, le Baron von Eschenbach, un ami de Charley Chaplin. Ma femme — une des premières — fut grandement flattée de s'asseoir à la même table qu'un baron. Foutue puritaine qu'elle était, elle ne rougit même pas lorsqu'il raconta une de ses histoires osées. Elle les trouva délicieuses — *tellement européennes !* Mais finalement il fallut bien lâcher le morceau. J'essayai d'y aller avec délicatesse, mais comment être délicat sur un sujet comme la syphilis ? Je ne prononçai pas le mot tout de suite. Je dis « maladie vénérienne ». *Maladie intime, quoi !* Mais rien que ce petit mot « vénérienne » fit frissonner ma femme d'épouvante. Elle regarda la tasse qu'il portait à ses lèvres, puis me lança un coup d'œil suppliant, qui semblait dire : — « Comment avez-vous pu inviter un homme pareil à s'asseoir à notre table ? » Je compris qu'il fallait régler l'affaire tout de suite. « Le Baron ici présent va rester avec nous pendant quelque temps », dis-je tranquillement. « Il est fauché, et il a besoin d'une piaule. » Ma parole ! Je n'ai jamais vu une femme changer aussi vite d'expression. « Toi ! », cria-t-elle, « c'est toi qui me demandes cela, à moi ? Et l'enfant ? Tu veux que nous attrapions tous la syphilis, c'est ça que tu veux ? N'est-ce pas assez qu'il l'ait, lui ? Tu veux que l'enfant l'attrape aussi ? »

Le Baron naturellement fut très embêté par cet éclat. Il voulait partir tout de suite. Mais je lui dis de ne pas s'en faire. J'étais habitué à ce genre de scènes. Mais il était si troublé, qu'il en avala son café de travers. Je lui tapai dans le dos à lui couper le souffle. La rose tomba de sa boutonnière dans l'assiette. Elle avait un air étrange, là, comme s'il l'avait crachée avec son propre sang. J'étais si emmerdé et si honteux de la conduite de ma femme, que je l'aurais étranglée sur place. Il s'étouffait toujours et crachouillait encore quand je le conduisis à la salle de bains. Je lui dis de se laver la figure à l'eau froide. Ma femme nous suivit et le regarda faire ses ablutions dans un silence meurtrier. Lorsqu'il eut fini de s'essuyer la figure, elle lui arracha la serviette des mains, et ouvrant brutalement la fenêtre, elle la jeta dehors. Cela me mit hors de moi. Je lui dis de foutre le camp et de se mêler de ses affaires. Mais le Baron s'interposa, et se mit à supplier ma femme. « Vous verrez, ma bonne dame, et vous, Henri, vous n'aurez à vous soucier de rien. J'apporterai mes seringues et mes onguents, et je les mettrai dans une petite valise, là, sous le lavabo. Il ne faut pas me mettre à la porte ! Je ne saurais pas où aller ! Je suis un homme désespéré. Je suis seul au monde. Vous avez été si bonne pour moi — pourquoi seriez-vous cruelle maintenant ? Est-ce ma faute si j'ai la vérole ? Tout le monde peut attraper la vérole. C'est humain. Vous verrez, je vous revaudrai ça mille fois. Je ferai tout pour vous, le lit, la vaisselle, la cuisine... » Il continuait sur ce ton, sans prendre le temps de respirer, de peur qu'elle ne dise Non ! Et après avoir épuisé ses promesses, après lui avoir demandé pardon cent et cent fois, après s'être agenouillé devant elle, en essayant de lui baiser la main qu'elle retira brusquement, il s'assit sur le siège du cabinet, avec sa jaquette et ses guêtres, et se mit à sangloter, à sangloter comme un enfant. C'était affreux, ces lugubres murs blancs et vernis de la salle de bains, que la lumière éclaboussait comme si des milliers de miroirs eussent été brisés et vus à travers une loupe, et cette épave de Baron assis là, avec sa jaquette et ses guêtres, l'épine dorsale pleine de mercure, et ses sanglots pareils au souffle saccadé d'une locomotive qui prend son élan. Je ne savais que diable faire. Un homme assis sur le siège du cabinet, et qui sanglote ! — c'était intolérable. Plus tard, je m'endurcis à ce genre de spectacle. Je devins de marbre. Je suis convaincu maintenant que sans les 250 malades qu'il était obligé de visiter deux fois par jour à l'hôpital de Lyon, Rabelais n'aurait jamais été d'une gaieté aussi turbulente. J'en suis sûr et certain.

En tout cas, à propos de sanglots... Un peu plus tard, lorsqu'un autre gosse était en route, et pas moyen de s'en débarrasser, tout en espérant, en espérant que quelque chose se produirait, un miracle peut-être, alors que son ventre était gonflé comme une pastèque mûre, vers le sixième ou septième mois, dis-je, ma femme avait des crises de neurasthénie, et, couchée sur le lit avec cette pastèque devant les yeux, elle se mettait à sangloter à vous fendre l'âme. Parfois j'étais dans l'autre chambre, étendu sur le divan, un bon gros livre à la main, et ces sanglots me rappelaient le Baron Carola von Eschenbach avec ses guêtres grises et sa jaquette aux revers brodés, et sa rose rouge sang à la boutonnière. Ses sanglots étaient musique à mes oreilles. Elle sanglotait à cœur perdu pour un peu de sympathie, et pas la moindre goutte de sympathie dans la maison ! C'était navrant. Plus sa nervosité s'accroissait, plus je devenais sourd. C'était comme d'écouter le grondement et le sifflement de la houle le long de la plage par un soir d'été : le bourdonnement d'un moustique peut noyer le mugissement de l'océan. Toutefois, lorsqu'elle s'était énervée jusqu'à l'effondrement total, lorsque les voisins, à bout de patience, frappaient à la porte, alors sa vieille mère se traînait hors de la chambre, et, les yeux pleins de larmes, me suppliait d'aller la calmer un peu. « Oh ! laissez-la tranquille, disais-je, ça lui passera. » Sur quoi, interrompant ses sanglots un moment, la bourgeoise sautait du lit, folle de rage, les cheveux défaits et en broussaille, les yeux gonflés, chassieux, et avec des sanglots coupés de hoquets, elle se mettait à me bourrer de coups de poing, à me houspiller tant et si bien que le fou rire me prenait. Et lorsqu'elle me voyait me tordre comme un dément, et que ses bras étaient fatigués et ses poings endoloris, elle se mettait à hurler comme une putain saoule — « Monstre ! Démon ! », puis elle s'esquivait comme un chien battu. Ensuite, lorsque je l'avais un peu calmée, sentant qu'elle avait vraiment besoin d'un peu de réconfort, je la bousculais sur le lit, et lui en mettais un bon coup. Que le diable m'emporte, si elle n'était pas le meilleur morceau imaginable après ces scènes de désespoir ! Je n'ai jamais entendu femme gémir et baragouiner comme elle. « Tu peux me faire ce que tu veux, disait-elle, ce que tu veux ! » Je pouvais lui mettre la tête en bas et l'enfiler, le lui mettre au cul, bref, tout ce que foutre je voulais —

elle en délirait de joie tout simplement. Hystérie utérine, voilà ce que c'était ! Et que Dieu me damne, comme disait le bon maître, si je ne dis pas la pure vérité !

(Dieu, ci-dessus mentionné, étant défini par saint Augustin comme suit : « Une sphère infinie, dont le centre est partout, et la circonférence nulle part. »)

Toutefois, *toujours vif et joyeux !* Si c'était avant la guerre, et que le thermomètre fût à zéro ou au-dessous, ou bien jour du Seigneur, jour de l'an ou quelque anniversaire, toute excuse était bonne pour nous réunir, et nous voilà partis, toute la famille, pour rejoindre les autres caprices de la nature qui formaient les rameaux de l'arbre familial. J'ai toujours été ahuri de la gaieté qui régnait dans ma famille, malgré toutes les calamités qui ne cessaient de nous menacer. Gais, en dépit de tout ! Il y avait le cancer, l'hydropisie, la cirrhose du foie, la folie, le brigandage, le mensonge, la pédérastie, l'inceste, la paralysie, les vers solitaires, les avortements, les trijumeaux, les idiots, les pochards, les bons-à-rien, les fanatiques, les marins, les tailleurs, les horlogers, la scarlatine, la coqueluche, la méningite, les otites suppurantes, la danse de Saint-Guy, les bredouilleurs, le gibier de prison, les rêveurs, les fabulateurs, les barmans — et enfin il y avait l'oncle Georges et

Tante Mélie. La morgue et l'asile d'aliénés. Une bande de rigolos, et la table toujours chargée de bonnes choses — choux rouges et salade verte, rôti de porc, dindon et choucroute, kartoffeln-klösze au jus noir et aigre, radis et céleri, oie farcie et pois et carottes, beaux choux-fleurs blancs, compote de pommes et figues de Smyrne, bananes aussi grosses qu'une matraque, gâteaux à la cannelle et Streussel Kuchen, gâteaux au chocolat et noix de toute espèce, noix simples, noix huileuses, noix pékan, noix hickory, amandes, bière en tonneau et bière en bouteille, vins rouges et blancs, champagne, kümmel, malaga, porto, schnaps, fromages très forts, fromages sans goût et innocents, Hollande insipide, limburger et schmierkäse, vins maison, vin de sureau, cidre sec et doux, puddings au riz et au tapioca, châtaignes rôties, mandarines, olives, cornichons, caviar rouge et noir, esturgeon fumé, meringues au citron, biscuits à la cuillère, éclairs au chocolat, macarons, millefeuilles à la crème, cigares noirs, longs Virginias maigres, tabac Bull Durham et tabac Long Tom, meerschaums, épis de maïs et cure-dents, cure-dents en bois qui vous donnaient des abcès aux gencives le lendemain, serviettes immenses avec les initiales brodées dans le coin, et un feu de charbon ronflant et les fenêtres couvertes de buée, tout au monde, sauf un rince-doigts.

Zéro dehors, et Georges le timbré, avec un bras arraché par un coup de dents d'un cheval, vêtu des frusques des morts. Zéro dehors, et Tante Mélie cherchant les oiseaux qu'elle a laissés dans son chapeau. Zéro, zéro, et les remorqueurs renâclent en bas dans le port, les blocs de glace sautent et replongent dans l'eau, tandis que se déroulent à l'avant et à l'arrière de longues et minces volutes de fumée. Le vent souffle à cent cinquante à l'heure, il charrie des tonnes et des tonnes de neige, hachée en flocons minuscules et chacun portant son poignard. Les glaçons en tire-bouchon pendent aux fenêtres, le vent hurle, les vitres sonnent. L'oncle Henri chante « Hourrah pour le Cinquième Allemand ! » Son gilet est ouvert, ses bretelles défaites, les veines saillent sur ses tempes. *Hourrah pour le Cinquième Allemand !*

Là-haut dans le grenier, la table branlante est servie ; en bas dans l'écurie chaude, les chevaux hennissent dans leurs stalles, hennissent et rongent leur frein, piaffent et piétinent le sol, et la bonne odeur aromatique du fumier et du pissat, du foin et de l'avoine, des couvertures fumantes et du crottin sec, l'odeur du houblon et du vieux bois, des harnais de cuir et du tan, monte et flotte autour de nous comme de l'encens.

La table est dressée sur des chevaux, et les chevaux sont debout dans la pisse chaude, et de temps en temps ils s'agitent, fouettent l'air de leur queue, pétaradent et hennissent. Le poêle est rouge comme du rubis, l'air est bleu de fumée. Les bouteilles sont sous la table, sur le buffet, dans l'évier. Georges le timbré essaye de se gratter le cou avec sa manche vide. Ned Martini, le propre-à-rien, tripote le phonographe. Sa femme Carrie se rince la dalle à même le broc. Les gosses sont en bas dans l'écurie, jouant à touche-pipi dans le noir. Dans la rue, là où commencent les bicoques, les mômes font des glissades. Tout est bleu, de fumée, de froid, de neige. Tante Mélie est assise dans un coin, un chapelet aux doigts. L'oncle Ned répare un harnais. Les trois grands-pères et les deux arrière-grands-pères sont entassés près du poêle, et parlent de la guerre franco-allemande. Georges le timbré lape le fond des verres. Les femmes se rapprochent, et à voix basse les langues vont leur train. Tout entre dans le jeu comme les morceaux d'un puzzle — visages, voix, gestes, corps. Chacun gravite dans sa propre orbite. Le phonographe s'est remis en marche, les voix se font plus fortes et plus aiguës. Le phono s'arrête brusquement. Je n'aurais pas dû être là quand elles ont lâché cela, mais j'y étais et je l'ai entendu. J'ai entendu que la grande Maggie, celle qui tenait un bistrot là-bas à Flushing, enfin que Maggie avait couché avec son propre frère, et voilà pourquoi Georges était timbré. Elle couchait avec tout le monde — sauf son mari. Et j'appris aussi qu'elle battait Georges avec une ceinture de cuir jusqu'à ce que l'écume lui vienne à la bouche. Voilà ce qui amena les crises. Et Mélie, assise là dans le coin — encore un autre cas ! Elle était bizarre déjà, tout enfant. Sa mère aussi, du reste. Dommage que Paul soit mort. Paul était le mari de Mélie. Oui, tout aurait bien marché si cette femme de Hambourg ne s'était pas mêlée de corrompre Paul. Que pouvait Mélie contre une rusée coquine comme ça — une rien qui vaille, et maligne ! Il faudrait bien faire quelque chose à son sujet. Ça devenait dangereux de la laisser aller et venir. Pas plus tard qu'hier, on l'avait trouvée assise sur le poêle. Heureusement le feu était bas. Mais imaginez qu'il lui vienne l'idée de mettre le feu à la maison — pendant que tout le monde dormirait ! Dommage qu'elle ne puisse plus travailler — la dernière place qu'on lui avait trouvée était si bien, la patronne était si gentille. Mélie devenait paresseuse. Elle avait eu la vie trop facile avec Paul.

L'air était pur et glacé lorsque nous sortîmes. Les étoiles nettes et étincelantes, et partout, sur les rampes, les marches, l'appui des fenêtres, les grilles, s'étendait la blanche neige, la neige pure, la neige chassée par le vent, blanc manteau qui recouvre la sale terre du péché. Clair et glacial l'air, pur, comme de grandes bouffées d'ammoniaque, et la peau est lisse comme du chamois. Étoiles bleues, couches sur couches, parties à la dérive avec les antilopes. Belle nuit, profonde et silencieuse, comme si sous la neige reposaient des cœurs d'or, comme si ce chaleureux sang allemand s'écoulait dans le ruisseau pour rassasier la bouche des enfants affamés, pour laver à tout jamais le crime et la laideur du monde. Nuit profonde, et la rivière regorge de glace, les étoiles dansent, tournoient, tourbillonnent comme des toupies. Le long de la rue tailladée nous traînions, toute la famille. Le long de la pure, blanche croûte terrestre, nous marchions, laissant des empreintes, des traces de pieds. La vieille famille allemande balayait la neige avec un arbre de Noël. Toute la famille était là, oncles, cousins, frères, sœurs, pères, grands-pères. Toute la famille chaude et avinée, et personne ne pense à l'autre, ne pense au soleil qui se lèvera le matin, aux courses à faire, au verdict du médecin, à tous les cruels, à tous les affreux devoirs qui souillent la journée et rendent cette nuit sainte, sainte nuit d'étoiles bleues et de courants profonds, de fleurs d'arnica et d'ammoniaque, d'asphodèles et de papier verre.

Personne ne savait que Tante Mélie était en train de perdre complètement la boule, que lorsque nous tournerions le coin de la rue elle fondrait en avant comme un renne, et mordrait un morceau de la lune. Arrivée au coin, elle fondit en avant comme un renne, et se mit à hurler : « La lune ! La lune ! » — et sur ces mots son âme rompit ses liens, et jaillit tout net hors du corps. Quatre-vingt-six millions de kilomètres à la minute ! là-haut, là-haut, vers la lune, et personne assez prompt de pensées pour l'arrêter. Voilà comment ça arriva. Le temps d'un clignement d'étoiles.

Et maintenant je vais vous raconter ce que ces cochons m'ont dit...

Ils m'ont dit — *Henri, tu vas la conduire à l'asile demain. Et ne dis pas qu'on peut payer.*

Magnifique ! *Toujours vif et joyeux !* Le lendemain matin, nous prenons le tram ensemble, et nous voilà en route pour la campagne. Au cas où Mélie demanderait où nous allions, je devais répondre « voir Tante Monique ». Mais Mélie ne posa pas de questions. Elle était tranquillement assise près de moi, et de temps en temps me montrait les vaches. Elle voyait des vaches bleues, et des vaches vertes. Elle les connaissait par leur nom. Elle me demandait aussi ce que devenait la lune pendant le jour. Et si je n'avais pas par hasard un morceau de saucisson ?

Durant le parcours, je pleurai — je ne pus m'en empêcher. En ce monde, quand les gens sont trop bien, il faut les mettre sous clé. Il y a quelque chose d'anormal chez les gens trop bien. C'est vrai que Mélie était paresseuse. Elle était née ainsi. C'est vrai que Mélie était une piètre maîtresse de maison. C'est vrai que Mélie n'avait pas su garder le mari qu'on lui avait trouvé. Quand Paul s'enfuit avec la femme de Hambourg, Mélie resta dans son coin à pleurer. Les autres voulaient qu'elle fasse quelque chose — lui loger une balle dans la peau, faire du grabuge, demander une pension. Mélie resta tranquille ; Mélie pleura ; Mélie baissa la tête, et perdit le peu d'intelligence qu'elle avait. Elle était comme une paire de chaussettes trouées qu'on envoie de tous côtés, d'un coup de pied, d'ici, de là, partout. Et toujours au milieu, au mauvais moment.

Puis, un jour, Paul prit une corde et se pendit. Mélie dut comprendre ce qui se passait, car c'est alors qu'elle devint complètement toquée. La veille on la trouva qui mangeait ses excréments. L'avant-veille, on l'avait trouvée assise sur le poêle.

Et maintenant, elle est très calme. Elle appelle les vaches par leur petit nom. La lune la fascine. Elle n'a pas peur parce que je suis avec elle, et elle a toujours eu confiance en moi. J'étais son préféré. Même idiote, elle était gentille pour moi. Les autres étaient plus intelligents, mais le cœur était mauvais.

Quand le frère Adolphe l'emmenait faire une promenade en voiture, les autres disaient : « Mélie a jeté l'œil sur lui ! » Mais je crois que Mélie devait lui parler avec autant d'innocence qu'à moi maintenant. Je crois que Mélie, en remplissant ses devoirs conjugaux, devait rêver innocemment aux beaux cadeaux qu'elle ferait à tous. Je crois que Mélie n'avait aucune notion du péché, de la faute, ou du remords. Je crois que Mélie était née ange et folle. Je crois que Mélie était une sainte.

Parfois, quand on la chassait d'un emploi, on m'envoyait la chercher. Mélie ne retrouvait jamais le chemin de la maison. Je me souviens de sa joie lorsqu'elle me voyait arriver. Elle voulait rester avec nous, disait-elle innocemment. Et pourquoi ne pourrait-elle pas rester, me demandais-je souvent ? Pourquoi ne pas lui faire une place près du feu ? la laisser s'asseoir là et rêver, puisque c'est là ce qu'elle voulait ? Pourquoi faut-il que tout le monde *travaille* — même les saints et les anges ? Pourquoi les faibles d'esprit donneraient-ils le bon exemple ?

Je songe qu'après tout Mélie sera peut-être bien là où je la mène. Plus de travail. Mais tout de même, j'aurais préféré qu'on lui fît un coin quelque part à la maison.

Comme nous descendons l'allée de gravier et nous rapprochons des grandes grilles, Mélie commence à s'inquiéter. Même un petit chien comprend quand on l'emporte à l'étang pour le noyer. Mélie commence à trembler. On nous attend au portail. La porte s'ouvre toute grande. Mélie est en dedans, et moi en dehors. Ils essaient de la faire avancer en la cajolant. Ils sont gentils avec elle. Ils lui parlent si gentiment. Mais Mélie est saisie de panique. Elle se retourne et court vers la grille. Je suis toujours là. Elle passe les bras à travers les barreaux et m'attrape par le cou. Je lui baise tendrement le front. Très doucement, je dénoue ses bras. Les autres vont la reprendre. Je ne peux pas supporter ce spectacle. Il faut que je parte. Il faut que je coure. Pourtant, une bonne minute, je reste là, je la regarde. Ses yeux sont devenus énormes. Deux grands yeux ronds, pleins et noirs comme la nuit, et qui me fixent sans comprendre. Aucun fou ne peut avoir un tel regard. Aucun idiot ne peut avoir un tel regard. Seuls les anges, ou les saints.

Mélie n'était pas bonne ménagère, ai-je dit, mais elle savait faire les *fricadellas*. Voici la recette, pendant que j'y pense : bouillie composée d'humus de pain trempé (pris dans un bon urinoir), ajoutez de la viande de cheval (les fanons seulement) hachée très fin avec un peu de chair à saucisse. Roulez à la main. Le bar qu'elle tenait avec Paul avant l'arrivée de la femme de Hambourg était tout près du tournant de la Deuxième Avenue L, pas loin de la pagode chinoise utilisée par l'Armée du Salut.

Après m'être sauvé en courant, je m'arrêtai près d'un grand mur, et cachant ma tête dans mes bras, appuyé au mur, je me mis à sangloter comme je ne l'avais pas fait depuis mon enfance. Pendant ce temps, on donnait un bain à Mélie, et on lui faisait endosser le vêtement réglementaire. On lui fit une raie au milieu, on lui aplatit ses cheveux qu'on ramena en arrière pour en faire un chignon sur la nuque. Ainsi, personne n'a l'air extraordinaire. Tous ont l'air également fous, qu'ils le soient à demi, aux trois quarts, ou légèrement fêlés. Quand vous dites : « Puis-je avoir une plume et de l'encre pour écrire une lettre ? », on vous répond « oui », et on vous passe un balai pour balayer le parquet. Si vous pissez par terre distraitement, on vous force à l'essuyer. Vous pouvez sangloter tout à votre aise, mais la règle ne peut être enfreinte. Une maison de fous doit être aussi bien tenue que n'importe quelle autre.

Une fois par semaine, Mélie pouvait recevoir. Pendant trente ans, Mélie et ses sœurs avaient visité des asiles. Elles en étaient saturées. Toutes petites, elles allaient voir leur mère à Blackwell's Island. La mère avait toujours recommandé de prendre soin de Mélie, de la surveiller. Et quand Mélie se tint devant la grille avec des yeux si ronds, son esprit dut retourner en arrière avec la vitesse d'un rapide. Tout avait dû lui revenir à l'esprit d'un seul coup. Ses yeux étaient si grands, si brillants — comme s'ils voyaient plus qu'ils ne pouvaient comprendre. Brillants de terreur, et sous la terreur, une confusion sans bornes. C'est ce qui les rendait si merveilleusement brillants. Seuls les fous peuvent saisir les choses avec tant de lucidité. Si vous êtes grand, ça va, et les gens croiront en vous, jureront par vous, et remueront la terre pour vous satisfaire. Mais si vous n'êtes grand qu'en partie, ou quelconque, alors ce qui vous arrive est perdu.

Le matin, une alerte promenade sous la voie criarde du métro aérien, de Delancey Street vers le Waldorf où, la veille au soir, le vieux avait traîné dans Peacock Alley avec Julien Legree. Chaque matin, j'écris un nouveau livre, en allant de la station de Delancey Street vers le Waldorf. Sur la page de garde de chacun est écrit au vitriol : *L'Île de l'inceste.* Chaque matin, il commence avec la vomissure de la veille. Ça fait un énorme gardénia que je porte à la boutonnière, la boutonnière de mon veston croisé, doublé tout soie. J'arrive à la boutique, porté par le noir souffle de la mélancolie, pour trouver peut-être Tom Jordan dans le salon d'essayage, attendant qu'on lui dégraisse sa braguette. Après avoir écrit 369 pages au trot, la futilité de dire « Bonjour » m'empêche d'être tout bonnement poli. J'ai justement fini ce matin le 23e volume du livre ancestral dont pas même une virgule n'est visible, puisqu'il a été improvisé sans même le secours d'un stylo. Moi, le fils du tailleur, je suis sur le point de dire « Bonjour » au drapier à la manque d'Endicott Mumford qui, debout en caleçon devant le miroir, examine les poches qu'il a sous les yeux. Chaque branche, chaque feuille de l'arbre familial se balance devant mes yeux : surgie du brouillard insane de l'Elbe, apparaît cette île mouvante de l'inceste qui produit ce merveilleux gardénia que je porte chaque matin à ma boutonnière. Je suis sur le point de dire « Bonjour » à Tom Jordan. Les mots tremblent sur mes lèvres. Je vois un arbre immense sortant du noir brouillard, et dans le creux du tronc est assise la femme de Hambourg, le cul coincé et débordant à travers le dossier de la chaise. La porte est entrebâillée, et à travers la fente je vois sa face verte, lèvres serrées, narines distendues. Georges le timbré va de porte en porte offrir des cartes postales, le bras arraché par le cheval disparu et enterré, la manche vide claquant au vent. Quand toutes les pages du calendrier auront été arrachées, sauf les six dernières, Georges le timbré tirera la sonnette et, des glaçons pleins sa moustache, se tiendra sur le seuil, la casquette à la main, et s'écriera : « Joyeux Noël ! » Voici l'arbre le plus bizarre qui soit jamais sorti de l'Elbe, avec ses membres arrachés et ses feuilles flétries. Voici l'arbre qui s'écrie régulièrement une fois l'an : « Joyeux Noël ! » En dépit des calamités, en dépit de l'invasion du cancer, de l'hydropisie, du brigandage, du mensonge, de la pédérastie, de la paralysie, des vers solitaires, des otites suppurantes, de la danse de Saint-Guy, de la méningite, de l'épilepsie, *et cœtera.*

Je suis sur le point de dire « Bonjour ! » Les mots sont là. Ils tremblent sur mes lèvres. Les vingt-trois volumes du *Livre du Jugement dernier* sont écrits avec une fidélité incestueuse, reliés en très beau maroquin, chaque volume possédant serrure et clé. Les yeux injectés de sang de Tom Jordan sont collés au miroir ; ils frémissent comme un cheval qui chasse une mouche. Tom Jordan est toujours en train d'enlever ou de remettre son pantalon. Toujours à déboutonner ou reboutonner sa braguette. Toujours à faire dégraisser et repasser son pantalon. Tante Mélie est assise au plus frais, sous l'ombre de l'arbre familial. Maman lave les taches de vomissure du linge sale de la semaine écoulée. Le vieux repasse son rasoir. Les Juifs sortent de l'ombre du pont, les jours raccourcissent, les remorqueurs renâclent ou coassent comme des crapauds géants, le port est obstrué de gâteaux de glace. Chaque chapitre du livre qui est écrit dans l'air épaissit le sang ; sa musique assourdit l'angoisse sauvage de l'air extérieur. La nuit tombe comme un coup de tonnerre et me dépose sur la grand-route qui ne mène nulle part, mais qui est bordée du vif éclat de roues tourbillonnantes qui vous interdisent de revenir sur vos pas ou de demeurer immobile.

Sortie de l'ombre du pont, la foule monte, de plus en plus dense, comme un herpès, laissant une grande plaie suppurante qui coule de fleuve en fleuve le long de la 14e Rue. Cette ligne de pus, qui court dans l'invisible d'un océan à l'autre, d'un siècle à l'autre, sépare nettement le monde des Gentils que j'ai connu par le Grand Livre, du monde Juif que je vais connaître par la vie. Entre ces deux mondes, au milieu de la ligne de pus qui coule d'un fleuve à l'autre, se dresse un petit pot de fleurs rempli de gardénias. Passé ce point, les mastodontes ne peuvent venir rôder, ni les buffles paître ; ici s'élève le monde abstrait, rusé — falaise où sont enfouies les flammes de la révolution. Chaque matin, je traverse la ligne, un gardénia à la boutonnière, un nouveau volume écrit dans les airs. Chaque matin, je patauge dans une tranchée pleine de vomissure, pour atteindre la belle île de l'inceste. Chaque jour, la falaise s'élève, plus imposante ; les lignes des fenêtres droites comme une voie de chemin de fer, et leur éclat encore plus éblouissant que l'éclair de crânes polis. Chaque matin, la tranchée bâille, plus menaçante.

Je devrais maintenant dire bonjour à Tom Jordan, mais les mots s'arrêtent, tremblants, sur mes lèvres. Quel matin est-ce donc, que je doive le gaspiller en salutations ? Est-il *bon*, ce matin entre les matins ? Je perds tout pouvoir de distinguer un matin d'un autre. Dans le Grand Livre, il y a le monde des buffles, en voie de rapide disparition ; tout à côté, on coud, à grand renfort de rivets, les côtes des gratte-ciel à venir. Des Orientaux malins, aux souliers de plomb et aux crânes de verre, organisent le monde en carton de demain, monde entièrement fait de marchandises qui s'entassent, boîte sur boîte, comme une usine de boîtes de carton, f. o. b. Canarsie. Aujourd'hui, on a encore le temps d'assister aux funérailles des morts récents ; demain, on n'aura plus le temps, car les morts seront abandonnés sur l'heure, et malheur à celui qui versera une larme ! Voici un bon matin pour une révolution, si seulement on avait des mitrailleuses au lieu de pétards. Ce matin serait magnifique si hier matin n'avait pas été un fiasco complet. Le passé s'éloigne au galop ; la tranchée s'élargit. Demain est plus éloigné qu'il n'était hier, parce que le cheval d'hier a pris le mors aux dents et que les hommes aux semelles de plomb ne peuvent le rattraper. Entre le bon du matin et le matin lui-même, il y a une ligne de pus qui exhale sa puanteur sur hier et empoisonne demain. Ce matin-ci est si confus, que s'il était un vieux parapluie le plus léger éternuement le retournerait complètement.

Toute ma vie s'étire en une matinée sans fin. Chaque jour, je fais table rase. Chaque jour, un monde neuf est créé, séparé, complet, et je suis là parmi les constellations, Dieu si fou de lui-même qu'il ne fait rien que chanter et façonner d'autres mondes. Pendant ce temps, le vieil univers tombe en ruine. Le vieil univers ressemble à un atelier où l'on repasse les pantalons, où l'on enlève les taches et recoud les boutons. Le vieil univers sent comme une couture humectée qui reçoit le baiser d'un fer brûlant.

Toujours des retouches, des réparations, une manche qu'on rallonge, un col qu'on baisse, un bouton qu'on avance, un fond qu'on remplace. Mais jamais un complet neuf, jamais une création. Il y a le monde matinal, qui sort du néant chaque jour, et l'atelier, où les choses sont éternellement transformées et réparées. Et ainsi de ma vie, que traverse l'égout de la nuit. Toute la nuit j'entends le sifflement des fers chauds baisant les coutures mouillées ; les pelures du vieil univers tombent à terre, et leur puanteur est âcre comme du vinaigre.

Les hommes que mon père aimait étaient faibles et attachants. Ils s'éteignirent l'un après l'autre comme des étoiles brillantes devant le soleil. Ils s'éteignirent tranquillement et catastrophiquement. Rien d'eux ne demeura — rien que le souvenir de leur rayonnement et de leur gloire. Ils coulent en moi maintenant comme un vaste fleuve tout strié d'étoiles filantes. Ils forment le fleuve noir qui maintient l'axe de ma vie en état de révolution constante. De cette noire ceinture de nuit, éternelle et toujours élargie, jaillit l'aube éternelle, perdue dans la création. Chaque matin, le fleuve déborde de ses rives, laissant les manches, les boutonnières et toutes les pelures d'un univers mort joncher la grève où je contemple l'océan de l'aube de la création.

Debout sur la grève de l'océan, je vois Georges le timbré appuyé au mur dans le magasin des pompes funèbres. Il porte une drôle de petite casquette, un col en celluloïd, et pas de cravate. Il est assis sur le banc près du cercueil, ni triste ni gai. Il est assis là tranquillement, comme un ange descendu d'un tableau juif. L'homme étendu dans le cercueil, dont le corps est encore frais, est vêtu d'un modeste costume poivre et sel, juste de la taille de Georges. Il a un col et une cravate et une montre dans son gousset. Georges le sort, le déshabille, et tout en changeant de vêtements, le dépose sur la glace. Ne voulant pas voler la montre, il la dépose sur la glace à côté du corps. L'homme est étendu sur la glace avec un col en celluloïd autour du cou. Il fait presque nuit lorsque Georges sort du magasin. Il a une cravate maintenant, et un bon costume. Au pharmacien du coin, il s'arrête pour acheter un livre de blagues qu'il a vu dans la vitrine. Debout dans le métro, il évoque quelques blagues. Ce sont celles de Joe Miller.

Précisément à la même heure, Tante Mélie est en train d'écrire une Valentine[1] à la famille. Elle porte un uniforme gris, et a la raie au milieu. Elle écrit qu'elle est très heureuse avec ses nouveaux amis, et que la nourriture est bonne. Pourtant elle aimerait qu'on se rappelle qu'elle a demandé des *Fastnacht Kuchen* la dernière fois — pourrait-on lui en envoyer par la poste ? Elle

1. Message sentimental ou satirique que l'on envoie le 14 février.

dit qu'il y a de jolis pétunias qui poussent autour de la boîte à ordures devant la grande cuisine. Elle dit qu'elle a fait une longue promenade dimanche dernier, et qu'elle a vu des tas de rennes, des lapins et des autruches. Elle dit qu'elle fait beaucoup de fautes, mais qu'elle n'a jamais été forte pour écrire, alors tant pis. Tout le monde est très gentil et il y a beaucoup de travail. Elle voudrait les *Fastnacht Kuchen* aussitôt que possible, par avion si possible. Elle avait demandé au Directeur de lui en faire pour sa fête, mais ils ont oublié. Elle réclame des journaux parce qu'elle aime regarder les annonces. Il y avait un chapeau qu'elle avait vu une fois, de chez Bloomingdale, croit-elle, et il était soldé. Peut-être qu'on pourrait le lui envoyer avec les *Fastnacht Kuchen ?* Elle les remercie tous pour les jolies cartes reçues à la Noël — elle s'en souvient encore, surtout celle avec les étoiles d'argent. Tout le monde l'a trouvée charmante. Elle dit qu'elle va bientôt aller se coucher, et qu'elle priera pour eux tous, parce qu'ils ont toujours été si gentils pour elle.

Il commence à faire sombre, toujours vers la même heure, et je suis là, à contempler le miroir de l'océan. Il gèle à pierre fendre, ni trop ni pas assez, mais une forme roide est étendue sur la glace avec un col de celluloïd. Si seulement il avait une érection, ce serait miraculeux, trop miraculeux ! Dans le hall obscur en bas, Tom Jordan attend que le vieux descende. Il est avec deux grosses joufflues, et l'une d'elles rajuste sa jarretière ; Tom Jordan lui aide à le faire. À la même heure, vers la brune, Mme Lawson traverse le cimetière pour jeter un dernier coup d'œil sur la tombe de son fils chéri. Son cher petit Jack, dit-elle, encore qu'il eût trente-deux ans quand il fit la culbute sept ans plus tôt. On a dit que c'était un rhumatisme du cœur, mais le fait est que le cher garçon avait bousculé tant de vierges vénériennes, que lorsqu'on lui sortit le pus qu'il avait dans le corps, il puait comme une pompe à merde. Mme Lawson ne se rappelle pas du tout cela. C'est son cher petit Jack chéri, et sa tombe est toujours soignée. Elle porte une petite peau de chamois dans son sac, afin de polir la pierre tous les soirs.

Même heure crépusculaire — le cadavre roide sur la glace là-bas, et le vieux debout dans une cabine téléphonique, le récepteur dans une main, et dans l'autre quelque chose de chaud et de mouillé avec du poil dessus. Il téléphone pour dire qu'on ne l'attende pas pour dîner, qu'il faut qu'il sorte avec un client, et qu'il rentrera tard, qu'on ne s'inquiète pas. Georges le timbré feuillette le livre des blagues de Joe Miller. Plus bas, vers Mobile, des nègres répètent le Saint Louis Blues, sans une note de musique devant les yeux, et les gens se préparent à devenir fous à l'entendre hier, aujourd'hui, demain. Tout le monde se prépare à être enlevé, drogué, violé, noyé par cette musique nouvelle qui suinte de la sueur de l'asphalte. Bientôt il sera la même heure partout, il suffira de tourner un cadran ou d'être suspendu au-dessus de la terre dans un ballon. C'est l'heure des petits fours — ces dames sont assises autour de la table de famille, chacune opérée pour une maladie différente, celle aux moustaches et aux lourdes bagues a passé de plus sales moments que quiconque, parce qu'elle pouvait se le payer.

C'est d'une beauté bouleversante à cette heure où chacun semble suivre son propre chemin. L'amour et le meurtre sont encore séparés de quelques heures. L'amour et le meurtre, je les sens se rapprocher avec la nuit : nouveau-nés issus des matrices, rose et tendre chair qui sera prise dans les barbelés et hurlera toute la nuit, et pourrira à des milliers de kilomètres de nulle part. Vierges folles, aux veines pleines de jazz congelé, poussant les hommes à construire de nouveaux buildings, hommes aux colliers de chiens autour du cou, pataugeant dans la merde jusqu'aux yeux, afin que le tsar de l'électricité puisse régner sur les ondes. Ce qui est encore dans la graine me fait pisser le sang d'épouvante : un monde flambant neuf sort de l'œuf, et si vite que j'écrive le vieux monde ne meurt pas assez vite. J'entends les mitrailleuses nouvelles, et les millions d'os qui éclatent en même temps. Je vois des chiens devenir enragés, et des pigeons qui s'abattent avec des lettres attachées aux pattes.

Toujours vif et joyeux, que j'aille au nord de Delancey Street, ou au sud vers la ligne de pus. Mes deux mains fourragent doucement dans le corps du monde, labourent ses entrailles chaudes, arrangent et dérangent, taillent et recousent. La sensation du corps tiède que le chirurgien connaît bien, de pair avec les huîtres, les ulcères, les hernies, les bourgeonnements du cancer, les épinards en herbe, les pinces et les forceps, les ciseaux et les poussées tropicales, les poisons et les gaz, enfermés à l'intérieur et soigneusement recouverts de peau. Des tuyaux crevés, l'amour jaillit comme un gaz d'égout. L'amour féroce aux gants noirs et aux jarretières brillantes, l'amour qui ronge son frein et renâcle, l'amour caché dans un tonneau et qui, nuit après nuit, fait sauter tout le bazar. Les hommes qui traversaient le magasin de mon père exhalaient tous les relents de l'amour : ils étaient ardents et avinés, faibles et indolents, yachts rapides gréés de sexe, et lorsqu'ils me doublaient la nuit, toutes voiles dehors, ils purifiaient mes rêves. Au centre de New York, je pouvais entendre le tintement des clochettes des vaches, ou, en détournant la tête, la douce, douce musique des râles, ligne rouge au bas des pages, et sur chaque manche un brassard de deuil. Rien qu'en tordant un peu le cou, je pouvais dominer le plus haut des gratte-ciel, et abaisser mon regard sur les ornières laissées par les énormes roues du progrès moderne. Rien n'était trop difficile pour moi, pourvu que cela contienne un peu de douleur et d'angoisse. Chez nous, il y avait tous les maux organiques — et quelques-uns d'inorganiques. Comme le cristal de roche, nous nous propagions, de crime en crime. Une joyeuse ronde ! et au beau milieu, mes vingt et un ans, déjà tout vert-de-grisés.

Et dussé-je perdre la mémoire, je me rappellerai toujours le soir où j'avais attrapé la chaude-pisse, et où le vieux était tellement saoul qu'il fit coucher son ami Tom Jordan dans son lit. Magnifique et touchant, ça ! sortir attraper la chaude-pisse quand l'honneur de la famille était en jeu, était *au pair*, pourrait-on dire. Ne pas être là pour la bagarre, quand papa et maman s'empoignent sur le parquet, et que le balai vole ! Ne pas être là, dans la froide lumière du matin, quand Tom Jordan, à genoux, supplie qu'on lui pardonne, mais on ne lui pardonne pas, même à genoux, car le cœur inflexible d'une luthérienne ignore le sens du pardon. Beau et touchant de lire dans le journal le lendemain matin qu'à la même heure la veille au soir le pasteur qui avait installé le jeu de boules avait été pincé dans l'obscurité avec un garçon tout nu sur ses genoux ! Mais ce qui donne à tout cela un sens atrocement touchant et très beau, c'est que, ignorant tout de ces incidents, je m'amenai le lendemain pour demander la permission d'épouser une femme qui aurait pu être ma mère. Et lorsque je parlai de « mariage », la vieille saisit le couteau à pain et se lança sur moi. Je me souviens qu'en quittant la maison, je m'arrêtai près de la bibliothèque pour chiper un livre. Et le titre du livre était : *Origine de la Tragédie.* Drôle d'histoire ! entre le balai de la veille au soir, le couteau à pain, la chaude-pisse, le pasteur pris la main dans le sac, les pâtés qui refroidissent, les bourgeonnements du cancer, etc. Je pensais en ce temps-là que tous les événements tragiques de la vie ne se passaient que dans les livres, et que ce qui arrivait dans la vie n'était que de la petite bière. Je pensais qu'un beau livre était un lobe malsain du cerveau. Je ne savais pas que le monde entier pouvait être malsain !

Je fais les cent pas, un paquet sous le bras. Très belle journée, dirons-nous, et les crachoirs sont propres et astiqués. Je marmotte tout seul en entrant dans le Woolworth Building. — « Bonjour, M. Thorndike, belle journée, M. Thorndike. Vous intéressez-vous aux vêtements, M. Thorndike ? » M. Thorndike ne s'intéresse pas aux vêtements ce matin ; il me remercie d'être venu le voir et jette ma carte au panier. Pas du tout découragé, j'essaye le American Express Building. « Bonjour, M. Hathaway, belle journée !... » M. Hathaway n'a pas besoin d'un bon tailleur — il en a un depuis trente-cinq ans. M. Hathaway est un peu grognon, et il a foutrement raison, pensé-je, en dégringolant l'escalier. Belle journée, il n'y a pas à dire, et donc pour me changer les idées, et aussi pour voir le port, je prends le tram qui traverse le pont, et débarque chez un client de quat'sous du nom de Dyker. Dyker est un homme occupé. Le genre d'homme qui se fait monter son déjeuner et cirer les bottes pendant qu'il mange. Dyker souffre de désordres nerveux dus à des coïts incomplets. Il me dit que nous pouvons lui faire un costume quelconque, à condition de ne pas le harceler tous les mois pour la facture. La fille n'avait que seize ans, et il ne voulait pas lui faire un gosse. Oui, des poches rapportées, s'il vous plaît ! Et puis, il a une femme et trois enfants. Et puis, il va bientôt poser sa candidature comme magistrat — juge à la Cour des Héritages.

La matinée s'étire vers l'après-midi. D'un saut, me revoilà à New York, et je m'arrête au Burlesk, où l'ouvreuse me connaît. Les trois premiers rangs sont toujours remplis de juges et de politiciens. La salle est plongée dans l'obscurité, et sur la scène, Margie Pennetti, un maillot collant un peu sale, se trémousse. Elle a le plus beau cul que l'on puisse voir au théâtre, et tout le monde le sait, y compris elle-même. Après le spectacle, je déambule au hasard, regardant les cinémas et les charcuteries juives. Je m'arrête un instant dans un passage boutiquier pour écouter les voix des sirènes qui m'arrivent au mégaphone. La vie est un perpétuel voyage de noces, plein de gâteaux au chocolat et de tartes aux airelles. Mettez deux sous dans la fente, et vous verrez une femme qui se déshabille sur l'herbe. Mettez deux sous dans la fente, et vous gagnerez un râtelier. Le monde est remis à neuf chaque jour — les parties tachées sont envoyées au dégraisseur, les parties usagées sont rafistolées et vendues au rabais.

Je remonte et dépasse la ligne de pus, et je flâne à travers les couloirs des grands hôtels. Si ça me plaît, je m'assieds et regarde les gens qui traversent le hall. Tout le monde est sur le qui-vive. De tous côtés, des choses se passent. La tension de l'attente touche au délire. Le métro aérien passe à toute allure, les taxis klaxonnent, les ambulances font marcher leur trompe, les ouvriers posent des rivets. Des chasseurs en livrée somptueuse cherchent des gens qui ne répondent pas à l'appel de leurs noms. En bas, dans la toilette luxueuse, une file d'hommes attend pour pisser un coup. Tout est peluche et marbre, les odeurs sont raffinées et agréables, la chasse d'eau chasse magnifiquement. Sur le trottoir, un kiosque à journaux dont les manchettes sont encore toutes fraîches de meurtres, de viols, d'incendies, de grèves, de faux, de révolutions. Les gens s'écrasent dans les passages souterrains. Là-bas, à Brooklyn, une femme m'attend. Assez vieille pour être ma mère, et elle m'attend pour que je l'épouse. Son fils est tubar, et si malade qu'il ne peut plus se traîner hors du lit. L'oiselle coriace monte au galetas pour faire l'amour, pendant que le fils dans la chambre à côté crache ses poumons. Et puis, elle sort à peine d'un avortement, et je n'ai pas envie de l'engrosser à nouveau — pas tout de suite, en tout cas.

L'heure de la ruée ! et le métro vous mène à tous les Paradis. Pressé contre une femme si étroitement que je sens les poils de son chat. Sommes si étroitement collés l'un à l'autre, que mes poings s'enfoncent en éperon dans son aine. Elle regarde droit devant elle, un point microscopique juste sous mon œil droit. À Canal Street, j'arrive à caser mon pénis à la place de mes poings. Le machin saute en diable, et quels que soient les cahots du train, elle est toujours dans la même position vis-à-vis de mon oiseau. Même lorsque la cohue diminue, elle est toujours là, le pubis tendu en avant, et ses yeux rivés sur le point microscopique juste sous mon œil droit. À Borough Hall, elle descend sans m'avoir jeté un seul regard. Je la suis dans la rue, pensant qu'elle se retournera et me dira peut-être bonjour, ou me laissera lui offrir un chocolat glacé (en admettant que je le puisse !). Mais non ! elle file comme une flèche, sans détourner la tête d'un millimètre. Comment font-elles, je n'en sais rien. Des millions et des millions tous les jours, qui sont collées là, debout, nues sous leurs robes, à jouir sans danger. Quelle est la conclusion ? douche ? masturbation ? Dix contre un qu'elles se jettent sur leur lit et finissent le truc avec leurs doigts !

En tout cas, le soir tombe, et voilà que je déambule avec un braquemard à me crever le froc. La foule est de plus en plus dense. Tout le monde a son journal maintenant. Le ciel étouffe d'affiches lumineuses, et chaque article est garanti agréable, sain, durable, bon au goût, silencieux, imperméable, inusable, le *nec plus ultra* sans lequel la vie serait intolérable, n'était le fait que la vie est déjà intolérable parce qu'il n'y a pas de vie. C'est l'heure à peu près où le vieux Henschke quitte la boutique du tailleur pour aller au tripot en ville. Agréable petite occupation en marge qui le retient jusqu'à deux heures du matin. Pas grand-chose à faire — tout juste prendre les pardessus et les chapeaux de ces messieurs, servir des boissons sur un petit plateau, vider les cendriers et veiller aux allumettes. Vraiment un boulot très agréable, tout bien considéré. Vers minuit, préparer un petit repas pour ces messieurs s'ils ont faim. Il y a les crachoirs, bien sûr, et les cabinets. Mais ces messieurs sont si bien élevés qu'il n'y a vraiment rien à faire. Et puis, il y a toujours un rabiot de fromage et des biscuits à grignoter, et parfois un dé à coudre de porto. De temps à autre, un sandwich de veau froid pour le lendemain. De vrais messieurs ! Pas à discuter. Fument les meilleurs cigares. Même les mégots ont bon goût. Un boulot très, très agréable.

L'heure du dîner s'avance. La plupart des tailleurs ont fermé boutique. Quelques-uns, ceux qui n'ont que des vieux miteux pour clients, attendent pour un essayage. Ils vont et viennent, les mains derrière le dos. Tout le monde est parti, sauf le patron, et peut-être le coupeur ou l'essayeur. Le patron se demande s'il devra mettre encore des marques à la craie, et si le chèque arrivera à temps pour le loyer. Le coupeur se dit à lui-même : « Oui, M. Un tel, oui, bien sûr..., oui, je crois qu'il faut remonter un peu de ce côté-là, oui... vous avez raison..., c'est un peu trop à gauche..., oui, ça sera prêt dans quelques jours... oui, M. Un tel, oui..., oui..., oui, oui, oui... » Les vêtements achevés et inachevés sont suspendus au portemanteau. Les rouleaux de drap sont bien rangés sur la table. Seul le salon d'essayage est éclairé. Soudain, le téléphone sonne. M. Un tel est au bout du fil et dit qu'il ne peut pas venir ce soir, mais qu'il attend sa queue-de-morue au plus tôt, celle avec les boutons neufs qu'il a choisis la semaine dernière, et il espère pour Dieu qu'elle lui tiendra aux épaules. Le coupeur met son chapeau et son pardessus et dégringole l'escalier pour aller à une réunion sioniste au Bronx. Le patron reste seul pour fermer la boutique, et veiller à ce que toutes les lumières soient éteintes. Le livreur qui va porter la queue-de-morue, c'est lui-même, et cela n'a pas d'importance parce qu'il passera par l'escalier de service et personne n'en saura rien. Personne ne ressemble plus à un millionnaire qu'un patron tailleur qui va livrer une queue-de-morue à M. Un tel. Tiré à quatre épingles, souliers luisants, chapeau bien brossé, gants frais, moustache cirée. Ils commencent à avoir l'air harassé lorsqu'ils s'asseyent au repas du soir. Pas d'appétit. Pas de commandes aujourd'hui. Pas de chèques. Ils sont si découragés qu'ils tombent de sommeil à dix heures, et quand il faut aller se coucher, ils ne peuvent plus fermer l'œil.

Je traverse le pont de Brooklyn... Est-ce donc cela le monde, ces allées et venues, ces buildings illuminés, ces hommes et ces femmes qui passent ? Je regarde leurs lèvres remuer, les lèvres de ces hommes et de ces femmes qui passent. De quoi parlent-ils ? — avec tant de sérieux parfois ? Je déteste voir des gens aussi mortellement sérieux, lorsque moi-même je souffre plus qu'aucun d'eux. Une seule vie ! Et il y a des millions et des millions de vies à vivre ! Jusqu'à présent, je n'ai pas eu une seule chose à dire de ma vie à moi, pas une ! Faut croire que je n'ai pas de cœur au ventre. Devrais retourner dans le métro, saisir une poule, et la violer dans la rue. Devrais retourner chez

M. Thorndike demain matin, et lui cracher à la face. Devrais me tenir au milieu de Times Square, ma queue à la main, et pisser dans le ruisseau. Devrais saisir un revolver et tirer à bout portant dans la foule. Le vieux mène une vie de bâton de chaise. Lui et ses chers copains. Et moi je me promène au hasard, vert de haine et d'envie. Et quand je rentrerai, la vieille sera en train de sangloter à fendre l'âme. Peux pas dormir la nuit à l'entendre. Je la déteste avec ses sanglots. L'un me vole, l'autre me brime. Comment pourrais-je la consoler, quand la seule envie que j'aie est de lui briser le cœur ?

Je me promène le long de la Bowery... Beau pâturage vert morve qu'elle est à cette heure. Maquereaux, escrocs, roulures, mendiants, racoleurs, entremetteurs, Chinois, macaronis, ivrognes irlandais. Tout à la recherche d'une pitance et d'une turne. *Marcher, marcher, marcher.* J'ai vingt et un ans, je suis de race blanche, né et élevé à New York, bons muscles, intelligence solide, bon baiseur, pas de mauvaises habitudes, etc. À inscrire au tableau. Vente au pair. N'a pas commis de crimes, sauf d'être né ici.

Dans le passé, tout membre de notre famille travaillait de ses mains. Je suis le premier fils de pute qui ne foute rien. Langue agile, et cœur corrompu.

Je nage dans la foule, chiffre parmi les autres. Tailleur, et retailleur. Les lumières clignotent, s'allument, s'éteignent, se rallument.

Tantôt c'est un pneu de caoutchouc, tantôt un morceau de gomme à mâcher. Le tragique, c'est que personne ne remarque le désespoir que je porte au visage. Nous sommes des milliers et des milliers ainsi, et nous nous croisons sans nous reconnaître. Les lumières dansent comme des aiguilles électriques. Les atomes perdent la boule de lumière et de chaleur. Un incendie brûle derrière la vitre, et rien n'est détruit. Des hommes se rompent l'échine, des hommes se font éclater le cerveau, pour inventer une machine qu'un enfant pourra faire fonctionner. Si seulement je trouvais l'hypothétique marmot qui doit manœuvrer cette machine, je lui mettrais un marteau entre les mains et lui dirais : Bousille-moi ça ! Bousille-moi ça !

Bousille-moi ça ! Bousille-moi ça ! C'est tout ce que je puis dire. Le vieux se balade en voiture découverte. Je lui envie sa tranquillité d'esprit, l'animal ! Un bon copain à ses côtés, et un quart de whisky dans le bide. Les orteils m'en démangent de colère. Vingt ans devant moi, et les choses empirent d'heure en heure. Ça m'étouffe ! Dans vingt ans il n'y aura plus un seul homme aimable et tendre pour m'accueillir. Chaque copain qui claque est un buffle à jamais perdu. L'acier et le ciment armé me cernent de toutes parts. Le trottoir se fait de plus en plus dur. Le monde nouveau me ronge, m'exproprie. Bientôt je n'aurai même plus besoin d'un nom.

J'ai cru jadis que des choses merveilleuses m'attendaient sur le chemin. J'ai cru que je pourrais me construire un monde dans les airs, un château de pure et blanche salive qui m'élèverait au-dessus des buildings les plus hauts, entre le tangible et l'intangible, me mettrait dans un espace pareil à la musique, où tout s'effondre et disparaît, mais où je serais à jamais intact, puissant, pareil à Dieu, le saint des saints. C'est moi qui imaginais cela, moi, le fils du tailleur ! Moi, né du petit gland d'un chêne immense et robuste. Dans le creux de ce gland, je percevais le plus léger frémissement de la terre : je faisais partie du grand arbre, partie du passé, avec blason et lignée, et l'orgueil, *l'orgueil* ! Et lorsque je tombai à terre et que j'y fus enseveli, je me rappelai *qui* j'étais, *d'où* je venais. Maintenant, je suis perdu, *perdu*, vous entendez ? Vous n'entendez pas ? Je hurle, je crie à tue-tête, n'entendez-vous pas ? Éteignez les lumières ! Brisez les ampoules ! M'entendez-vous maintenant ? *Plus fort*, dites-vous. *Plus fort !* Par le Christ, vous moquez-vous de moi ? Êtes-vous sourds, muets, aveugles ? Faut-il que j'arrache mes vêtements ? Faut-il que je danse sur la tête ?

Très bien ! Je vais danser ! Un joyeux rondeau, mes frères, et que tout tourne, tourne, tourne ! Ajoutez une paire de pantalons de flanelle en plus, puisque vous y êtes, et n'oubliez pas, les gars, que je culotte à droite. Vous m'entendez ? Lâchez tout ! *Toujours vif et joyeux !*

Plongée dans la vie nocturne...

Un Coney Island
de l'esprit.

Au pied du lit tombe l'ombre de la croix. Des chaînes m'attachent au lit. Le cliquetis des chaînes fait un grand vacarme, on jette l'ancre. Soudain, je sens une main sur mon épaule. On me secoue vigoureusement. Je lève les yeux : c'est une vieille sorcière dans un peignoir sale. Elle va au buffet, ouvre un tiroir, y cache un revolver.

Il y a trois pièces, en enfilade, comme dans un wagon. Je suis couché dans la chambre du milieu, où il y a une bibliothèque en noyer et une coiffeuse. La vieille sorcière enlève son peignoir et se tient devant le miroir en chemise. Elle tient une houpette à la main, et se tamponne les aisselles, la gorge, les cuisses. Sans cesser de pleurer comme une idiote. Finalement, elle vient vers moi tenant un vaporisateur, et m'asperge copieusement. Je remarque que sa chevelure est pleine de rats.

J'observe les mouvements de la vieille. Elle a l'air d'être en transe. Debout devant la coiffeuse, elle ouvre et ferme les tiroirs, l'un après l'autre, mécaniquement. Elle semble avoir oublié ce qu'elle cherche. De nouveau, elle prend la houppe, et se poudre un peu les aisselles. Sur la coiffeuse, il y a une petite montre en argent attachée à un long cordon de ruban noir. Elle enlève sa chemise et se passe la montre autour du cou. La montre arrive juste au triangle du pubis. On entend un léger tic-tac, et la montre tourne au noir.

Dans la pièce à côté, qui est le salon, tous les parents sont réunis. Ils sont assis en demi-cercle, attendant que j'arrive. Ils sont là, droits et raides, empaillés comme les chaises. Au lieu de verrues et de loupes, ils ont du crin de cheval au menton.

Je saute du lit en chemise, et je commence à danser la danse du Roi Kotschei. Je danse en chemise de nuit, un parasol sur la tête. Ils me regardent sans sourire, sans même un pli dans leurs bajoues. Je marche sur les mains, je fais des cabrioles, je me mets les doigts entre les dents et je siffle comme un merle. Pas le plus faible murmure d'approbation ou de désapprobation. Ils sont là, graves, imperturbables. Finalement, je me mets à ronfler comme un taureau, puis je me cabre comme un elfe, je fais la roue comme un paon, mais comprenant que je n'ai pas de queue, je m'arrête. La seule chose qui me reste à faire est de lire le Coran à la vitesse de l'éclair, après quoi les prévisions météorologiques, le *Lai du vieux marin*, et le Livre des Nombres.

Soudain, la vieille sorcière arrive en dansant, complètement nue, les mains en flammes. Dès qu'elle a renversé le porte-parapluies, c'est un tapage infernal. Du porte-parapluies renversé jaillit une procession continue de cobras grouillants, qui filent à la vitesse de l'éclair. Ils s'enroulent aux pieds des tables, ils emportent les soupières, ils grimpent dans le buffet, et coincent les tiroirs, ils se tortillent à travers les tableaux pendus au mur, à travers les anneaux des rideaux, à travers les matelas, ils se logent dans les chapeaux de femmes, sans cesser de siffler comme des chaudières.

J'enroule une paire de cobras autour de mes bras, et je m'avance vers la sorcière, le regard assassin. De sa bouche, de ses yeux, de ses cheveux, et même de son vagin, les cobras ruissellent, avec toujours cet effroyable sifflement de vapeur, comme s'ils venaient d'être vomis par un cratère bouillonnant. Au milieu de la pièce où nous sommes enfermés, s'ouvre une immense forêt. Nous sommes dans un nœud de cobras et nos corps se défont.

Je suis dans une étrange petite chambre, très étroite, étendu sur un lit très haut. J'ai un énorme trou dans le flanc, un trou net, sans une goutte de sang. Je ne sais plus qui je suis, ni d'où je viens, ni comment je suis ici. La pièce est très petite et mon lit est tout près de la porte. J'ai la sensation que quelqu'un est sur le seuil, à me regarder. Je suis pétrifié de terreur.

Quand je lève les yeux, je vois un homme debout sur le seuil. Il porte un derby gris, planté de travers sur sa tête. Il a la moustache pendante ; il est vêtu d'un costume à carreaux. Il me demande mon nom, mon adresse, ma profession, ce que je fais et où je vais, et ainsi de suite. Il me pose d'innombrables questions indiscrètes, auxquelles je suis incapable de répondre, d'abord parce que j'ai perdu ma langue, ensuite parce que je ne peux pas me rappeler quelle langue je parle. « Pourquoi ne dites-vous rien ? » dit-il, se penchant vers moi en ricanant, et saisissant sa canne de rotin, il me perce un trou dans le flanc. De mes deux mains, j'essaie de me desserrer les mâchoires, mais les dents sont bloquées. Mon menton s'effrite comme de l'argile sèche, laissant le maxillaire à nu. « Parlez ! » dit-il, avec ce sourire cruel et railleur, et reprenant sa canne, il me perce le flanc d'un deuxième trou.

Me voici éveillé dans une chambre froide et obscure. Le lit touche presque au plafond. J'entends le grondement des trains, le bondissement rythmé, régulier, des wagons sur le pont de fer gelé ; j'entends le souffle court, étranglé, de la locomotive, comme si l'air était piqueté d'éclats de givre. Dans ma main, les débris d'argile sèche tombés de mon menton, mes dents sont plus verrouillées que jamais ; je respire par les trous dans mon flanc. Par la fenêtre de la petite chambre où je suis, j'aperçois le pont de Montréal. À travers les poutres du pont, chassées par le blizzard aveuglant, volent les étincelles. Les trains s'élancent sur la rivière glacée en guirlandes de feu. J'aperçois les boutiques le long du pont, où luisent des pâtés et des sandwiches aux saucisses. Brusquement, je me rappelle quelque chose. Je me rappelle qu'au moment de traverser la frontière, ils m'ont demandé ce que j'avais à déclarer, et, comme un idiot, j'ai répondu : *Je déclare que je suis un traître à la race humaine.* Je me souviens nettement que ceci se passa alors que je tournais sur la roue de supplice derrière une femme en jupe à ballons. Il y avait des miroirs tout autour de nous, et au-dessus des miroirs, une balustrade en lattes de bois, pile après pile de lattes entassées les unes sur les autres, penchées, dégringolantes, vision de cauchemar. Au loin, je voyais le pont de Montréal, et, sous le pont, des blocs de glace par-dessus lesquels couraient les trains. Je me rappelle maintenant que lorsque la femme se retourna pour me regarder, elle avait un crâne sur les épaules, et sur le front décharné était gravé le mot SEXE, pétrifié comme un lézard. Je vis les paupières retomber sur les yeux, et puis les cavernes aveugles, sans fond. Comme je la fuyais, j'essayai de lire ce qui était écrit sur une voiture qui dévalait à côté de moi, mais je ne pus saisir que la fin d'un mot qui n'avait pas de sens.

Au pont de Brooklyn, je suis planté comme d'habitude, à attendre que le tram tourne le coin. Dans la chaleur de cette fin d'après-midi, la cité se dresse comme un grand ours polaire qui ferait tomber ses rhododendrons. Les formes vacillent, le gaz envahit les poutres, la fumée et la poussière flottent comme des amulettes. Du chaos mouvant des buildings s'écoule une mélasse de corps chauds, vêtus de jupes et de culottes, agglutinés les uns aux autres. La houle déferle devant les voies incurvées, et se brise comme des peignes de verre. Sous les enseignes mouillées, les jambes diaphanes des amibes cafouillent pour monter sur les trottoirs roulants, belles jambes, robustes, jambes de joueurs de tennis enveloppées de cellophane, montrant leurs veines blanches à travers des mollets d'or et des muscles d'ivoire. La ville halète dans la sueur de l'après-midi. Du haut des gratte-ciel, sortent des panaches de fumée, doux comme les plumes de Cléopâtre. L'air est étouffé, les chauves-souris battent des ailes, le ciment se ramollit, les rails de fer s'aplatissent sous les larges rebords des roues des tramways. La vie est écrite en caractères de douze pieds de haut, avec paragraphes, virgules et points-virgules. Le pont oscille sur les lacs de gazoline au-dessous. Melons californiens venus de la Vallée Impériale roulent, ordures qui sombrent au-delà de la Porte des Enfers, les ponts des bateaux sont nets, les étançons luisent, les grelins sont serrés, les débarcadères craquent, la mousse s'effrite et se dégorge sur les pontons des bacs. Une brume tiède et étouffante s'étend sur la ville comme une coupe de graisse, la sueur dégouline entre les jambes nues, autour des fines chevilles. Masse visqueuse de bras et de jambes, de demi-lunes et de girouettes, de rouges-gorges et de rondes-gorges, de volants et de bananes luisantes, avec la pulpe légère d'un citron dans le calice de l'écorce. Cinq heures sonnent dans la saleté et la sueur de l'après-midi, raie d'ombre brillante projetée par les poutres de fer. Les trams roulent en rond avec leurs mandibules de fer, croquant le papier mâché de la foule ; et l'avalent en spirale comme un ruban de tickets poinçonnés.

Au moment de m'asseoir, je vois un homme que je connais, debout sur la plate-forme arrière, un journal à la main. Son chapeau de paille est rejeté sur sa nuque, son bras est appuyé sur le frein de cuivre du conducteur. Derrière ses oreilles, le réseau des câbles s'étend comme les cordes d'un piano. Son canotier est juste à la hauteur de Chambers Street ; il est posé comme une tranche d'œuf sur les épinards verts de la baie. J'entends le déclic de l'engrenage glisser contre le bout du soulier du conducteur. Les fils télégraphiques bourdonnent, le pont gémit de joie. Sur le siège devant moi, deux petits bouts de caoutchouc, comme les touches noires d'un piano. De la forme d'une gomme à peu près, pas ronds comme le bout d'une canne. Deux machins choses élastiques pour amortir les chocs. Coup sourd d'un marteau de caoutchouc frappant un crâne de caoutchouc.

Le paysage est désolé. Ni chaleur, ni agrément, ni intimité, ni densité, ni opacité, ni numérateur, ni dénominateur. C'est comme un journal du soir qu'on lirait à un sourd-muet debout sur un porte-chapeau une feuille de palmier à la main. Dans tout ce pays desséché, aucun signe de la main de l'homme, ni de l'œil ni de la voix de l'homme. Rien que des lettres capitales écrites à la chaux et que la pluie délave. Une toute petite promenade en tram, et me voici dans un désert d'épines et de cactus.

Au milieu du désert, un établissement de bains, et dans l'établissement, un cheval de bois avec une scie posée en travers. Près de la table à dessus de zinc, une femme que j'ai connue regarde par la fenêtre pleine de toiles d'araignée. Elle se dresse au milieu du désert comme un rocher de camphre. Son corps a le fort et blanc arôme du chagrin. Elle se dresse, statue qui dit adieu. Elle est là, me dominant de la tête et des épaules, sa croupe est d'une coulée grandiose et d'une taille disproportionnée. Tout est disproportionné — mains, pieds, cuisses, chevilles. C'est une statue équestre sans cheval, fontaine de chair réduite aux proportions d'un œuf de mammouth. Dans la salle de bal de sa chair son corps chante comme du fer. Fille de mes rêves, quelle belle cage tu fais ! Mais où donc est le petit perchoir pour tes oreilles à trois griffes ? Le petit perchoir qui se balançait, avant arrière, entre les barreaux de cuivre ? Tu es là, devant la fenêtre, morte comme un canari, les pattes raides, le bec bleu. Tu as le profil d'un dessin au trait qu'on aurait fait au tranchoir. Ta bouche est un cratère bourré de feuilles de laitue. Pouvais-je rêver que tu serais si monstrueusement chaude et disproportionnée ? Laisse-moi contempler tes belles pattes de chacal ; que j'entende le repoussant croassement qui sort de ta gorge sèche !

À travers les toiles d'araignée, je regarde les criquets agiles, les longues vertèbres feuillues des cactus d'où suinte du lait de chaux, les cavaliers aux sacoches vides, les pommeaux aux protubérances de chameaux. Désert aride de mon pays natal, avec ses hommes gris et décharnés, aux vertèbres tordues, aux pieds chaussés de molettes et d'éperons. Dominant la floraison des cactus, la ville est suspendue la tête en bas, et ses hommes gris et décharnés grattent les cieux de leurs bottes à éperons. J'étreins ses contours bombés, ses angles rocailleux, ses seins puissants de dolmen, ses pieds fourchus, sa queue en panache. Je la serre contre moi dans l'écume étouffante des cañons sous les versants encaissés, veinés de sable d'or, tandis que l'heure s'écoule. Dans la houle aveuglante de tristesse, lentement le sable envahit mes os.

Sur la table de zinc à côté de nous, gît une paire de ciseaux rouillés et émoussés. Le bras qu'elle lève est comme entravé de fils contre son flanc. L'inflexible et blafard mouvement de ce bras est pareil au cri rauque et sourd du jour qui meurt, et la corde qui nous lie est comme un câble rugueux. La sueur gicle de mes tempes, y forme des caillots et bat comme une pendule. La pendule à bout de course s'épuise dans la sueur. Les ciseaux s'ouvrent et se ferment lentement sur des charnières rouillées. Mes nerfs exaspérés courent le long des dents du peigne, mes ergots se hérissent, mes veines s'échauffent. Toute douleur est-elle ainsi, sourde et supportable ? Le long du fil des ciseaux, je sens l'angoisse émoussée, rouillée, du jour qui meurt, le lent cheminement palmé de la faim satisfaite, de l'espace pur et du ciel étoilé entre les bras d'un automate.

Au milieu du désert, j'attends le train. Dans mon cœur, une petite cloche de verre, et sous la cloche un edelweiss. Tous mes soucis se sont dissipés. Même sous la glace, je sens la floraison que la terre prépare pendant la nuit.

Enfoncé dans le luxueux fauteuil de cuir, j'ai la vague impression que je voyage sur une ligne allemande. Je suis assis près de la portière, et je lis un livre ; je sens que quelqu'un lit par-dessus mon épaule. C'est mon livre à moi, et il y a un passage qui m'intrigue. Les mots sont incompréhensibles. À Darmstadt, nous descendons un moment pendant qu'on change de machine. Le hangar de verre se transforme en une nef supportée par de noires poutres ajourées. La sévérité du hangar de verre ressemble beaucoup à mon livre — quand il était ouvert sur mes genoux, montrant ses côtes. Dans mon cœur, je sens fleurir l'edelweiss.

La nuit en Allemagne, quand on se promène sur le quai, il y a toujours quelqu'un pour vous expliquer les choses. Têtes longues et têtes rondes se rapprochent dans un nuage de vapeur, et toutes les roues sont démontées et remontées. Le son de leur langage semble plus pénétrant que d'autres, comme s'il était nourriture pour le cerveau, substantiel, appétissant, nourrissant. Des particules agglutinées se détachent et se dissipent lentement des mois après le voyage, comme un fumeur qui rejette un mince nuage de fumée par les narines après qu'il a bu un verre d'eau. Le mot « *gut* » est, de tous, celui qui dure le plus longtemps. « *Es wär gut* », dit quelqu'un, et son « *gut* » gronde dans mes entrailles comme un savoureux faisan. Certainement rien ne vaut comme de prendre un train la nuit quand tous les habitants dorment, et de drainer de leurs bouches ouvertes les riches et succulents morceaux de leur langage inexprimé. Quand on dort, le cerveau est encombré d'événements ; l'esprit voyage dans un essaim, comme ces moucherons qu'aspire le train.

Soudain me voici au bord de la mer, sans que je me souvienne que le train se soit arrêté. Aucun souvenir même, qu'il soit reparti. Projeté sur le bord de l'océan tout comme une comète.

Tout est sordide, camelote, mince comme du carton. Un Coney Island de l'esprit. Les attractions fonctionnent à plein gaz, les étagères sont remplies de porcelaine, de poupées bourrées de son, de réveils et de crachoirs. Toutes les boutiques sont surmontées de trois balles, et tous les jeux sont des jeux de balle. Les Juifs se promènent en imperméable, les Japonais sourient, l'air pue l'oignon haché et la saucisse grillée. Baragouin, baragouin, et dominant tout dans un mugissement étouffé arrive le souffle continu et le tonnerre des vagues, ronflement poussif, prolongé, ininterrompu, adénoïde, qui étale une sorte de catarrhe visqueux sur tout le sale bazar. Derrière les devantures de carton, les vagues labourent la nuit de leurs lumineuses dents argentées. Les mollusques gisant sur le dos éjectent de l'ozone par leur orifice anal. Dans la nuit océane, le champ de courses a l'air d'une barbe hiémale. Tout glisse et s'émiette, tout étincelle, titube, tinte et titille...

Où donc est le beau jour d'été où je vis pour la première fois tourner la terre au vert tapis, et les hommes et les femmes aux mouvements de panthères ? Où la douce musique que j'entendais sourdre et gargouiller d'entre les racines juteuses de la terre ? Où puis-je aller si partout je trouve des trappes, des squelettes grimaçants, un monde à l'envers dépouillé de sa chair ? Où reposer ma tête s'il n'y a rien que des barbes et des imperméables, des sifflets d'un sou et des lattes brisées ? Dois-je marcher éternellement le long de cette interminable rue de carton, carton que je puis poinçonner, que je puis faire écrouler en soufflant dessus, que je puis incendier d'une allumette ? Le monde est devenu un labyrinthe mystique, érigé au cours de la nuit par une nuée de menuisiers. Tout est mensonge, tout est truqué. Carton-pâte.

Je marche le long de la plage océane. Le sable est jonché de mollusques humains, qui attendent qu'on écarte leurs coquilles. Dans le grondement et le tumulte des vagues, leur mesquine angoisse passe inaperçue. Les lames les heurtent, les lumières les assourdissent, la marée les noie. Ils gisent derrière la rue de carton, dans la nuit aux couleurs d'onyx, et ils écoutent rissoler les saucisses. Baragouin, baragouin, éternuement et souffle d'asthme, les balles roulent sur les longues glissières lisses jusque dans les petits trous remplis de bric-à-brac, porcelaines, crachoirs, pots de fleurs et poupées de son. Japonais graisseux essuient les plantes de caoutchouc d'un chiffon mouillé, Arméniens hachent des oignons en particules microscopiques, Macédoniens aux bras de mélasse jetant le lasso. Chaque homme, chaque enfant, chaque femme sous l'imperméable a des ganglions adénoïdes, propage le catarrhe, le diabète, la coqueluche, la méningite. Tout ce qui se tient debout, ce qui glisse, roule, dégringole, tournoie, tire, titube et oscille et s'émiette est fait d'écrous et de boulons. Le monarque de l'esprit est une clé anglaise. Souveraine puissance du carton-pâte.

Les mollusques se sont endormis, les étoiles s'éteignent. Tout ce qui est fait d'eau sommeille maintenant dans la poche d'une hyène. Le matin monte comme un toit de verre sur le monde. L'océan vitreux ondule dans ses profondeurs, sommeil paisible et transparent.

Il ne fait ni jour ni nuit. C'est l'aube qui chemine en vagues courtes, avec un battement d'ailes d'albatros. Les sons qui me parviennent sont ouatés, feutrés, assourdis, comme si le labeur de l'homme s'accomplissait sous l'eau. Je sens la marée refluer sans avoir peur d'être aspiré ; j'entends les vagues clapoter sans avoir peur de me noyer. Je marche parmi les déchets et les débris du monde, mais je ne meurtris pas mes pieds. Le ciel n'en finit pas, aucune limite entre la terre et la mer. J'avance à travers écluse et abîme, les pieds gluants et glissants. Je ne sens rien, je n'entends rien, je ne vois rien, je n'éprouve rien. Sur le dos ou sur le ventre, de travers comme le crabe ou en spirale comme l'oiseau, tout est béatitude duveteuse et indéterminée.

Le souffle crayeux de Plymouth remue les vertèbres géologiques ; le bout de sa queue de dragon s'enroule autour du continent brisé. Terre indiciblement brune et hommes aux vertes chevelures, vieille image recréée dans une douce blancheur laiteuse. Un dernier frétillement de la queue, dans une indifférence inhumaine ; indifférence à l'espoir, au désespoir, à la mélancolie. La terre brune, le vert oxydé, n'appartiennent pas à l'air ni au ciel, pas à la vue ni au toucher. La paix solennelle, le calme intangible et lointain des falaises de craie, distillent un poison, un souffle nocif, croassant, suspendu sur la terre comme le bout de la queue d'un dragon. Je sens les griffes invisibles qui s'agrippent aux rochers. Le vert lourd, profond, de la terre, n'est pas le vert de l'herbe ou de l'espoir, mais celui du limon, celui du courage ignoble et invincible. Je vois les noirs capuchons des martyrs, leurs cheveux emmêlés, leurs griffes aiguës voilées de bure rugueuse, la laine brune de leur haine, de leur ennui, de leur néant. J'ai une immense nostalgie pour ce pays qui s'étend à l'extrémité de la terre, île aux contours irréguliers, pareille à un alligator se chauffant au soleil. Ses paupières lourdes, asexuées, dégagent un calme trompeur et empoisonné. Sa gueule béante s'ouvre comme une vision. C'est comme si la mer avec tous ses noyés, avec leurs ossements, leurs espoirs, leurs édifices de rêve, avait formé amalgame blanc qui a nom Angleterre.

Mon esprit s'épuise à chercher quelque souvenir qui soit antérieur à tout souvenir, à chercher le mythe gravé sur une tablette de pierre enfouie sous une montagne. Sous l'ossature aérienne, les vitrines remplies de pâtés et de saucisses, les rails aux courbes rapides, les vieilles sensations, les vieux souvenirs m'envahissent de nouveau. Tout ce qui se rapporte aux docks et aux quais, aux cheminées des navires, aux grues, aux pistons, aux roues, aux amarres, aux ponts, tout l'attirail des voyages et de la faim se répète comme un mécanisme aveugle. Quand j'arrive à la croisée des chemins, la rue vivante s'étend comme une carte incrustée de devantures et de marchands de vin. La chaleur de midi craquèle la surface vernie de la carte. Les rues se gonflent et éclatent.

Là où une étoile rouillée marque la frontière du passé, s'élève un chaos de bâtiments aigus et triangulaires, aux bouches noires, aux dents cassées. Cela sent l'iodoforme et l'éther, le formol et l'ammoniaque, le fer-blanc frais et les moules de fonte humide. Les bâtiments s'affaissent, les toitures délabrées s'écrasent. L'air est si lourd, si âcre, si étouffant, que les murs ne peuvent plus se tenir debout. Les portes se sont effondrées au-dessous du niveau de la rue. Il y a quelque chose de coassant dans l'atmosphère qui évoque des grenouilles. Une vapeur moite, empoisonnée, enveloppe les alentours, comme s'il y avait un marécage sous les fondations mêmes.

Quand j'arrive chez mon père, je le trouve devant la fenêtre en train de se raser, ou plutôt non en train de repasser son rasoir. Jamais encore il ne m'avait fait défaut — mais maintenant, j'ai besoin de lui, et il demeure sourd. Je remarque maintenant combien la lame dont il se sert est rouillée. Le matin, avec mon café, il y avait toujours l'éclair brillant de sa lame, l'éclat de l'acier allemand contre le cuir doux et lisse de l'affûtoir, le clapotement mousseux du blaireau comme de la crème dans mon café, la neige entassée sur le rebord de la fenêtre, et qui feutrait ses paroles. Maintenant la lame est ternie, et la neige n'est plus que boue. Les cristaux de givre des vitres dégouttent en graisse liquide, qui pue le crapaud et le marécage. « Apporte-moi de gros vers, dit-il, d'un ton suppliant, et nous labourerons les vairons. » Pauvre père désespéré que j'ai ! Mes mains vides essayent d'étreindre à travers une table cassée.

La nuit est glacée. Une grue qui se promène la tête basse m'accoste, passe son bras sous le mien, et me conduit vers un hôtel qui porte une enseigne en émail bleu. Là-haut dans la chambre, je la regarde soigneusement. Elle est jeune et athlétique, et surtout, elle est ignorante. Elle ne connaît pas le nom d'un seul roi. Elle ne parle même pas sa propre langue. Quoi que je lui raconte, elle l'avale sans discuter. Elle s'en gorge et s'en regorge. Le seul problème est de se réchauffer, de se faire une couche de graisse pour l'hiver, comme elle me l'explique avec simplicité. Quand elle a extrait toute la graisse de ma moelle, elle rejette la couverture, et avec la plus extraordinaire vivacité elle commence ses exercices trapézoïdes. La chambre ressemble à un nid d'oiseau-mouche. Nue comme un ver, elle se roule en boule, la tête enfouie dans ses seins, ses bras collés entre ses cuisses. Elle a l'air d'une cosse verte de laquelle va jaillir un pois.

Tout à coup, avec cet air idiot des Américains, elle s'écrie : « Regarde, je peux faire *ça*, mais pas *ça* ! » Et elle le fait. Fait quoi ? Dame, elle commence à faire claquer les lèvres de son vagin, tout comme un oiseau-mouche. Elle a une petite tête fourrée avec des yeux francs de bon chien. On dirait une image du diable, du temps où le Palatinat était en fleur. L'incongruité de tout cela m'abrutit. Je m'assieds sous un marteau mécanique : chaque fois que je regarde son visage, je vois une fente de fer, et derrière, un homme au masque de fer qui me regarde en clignant de l'œil. Ce qui est d'une drôlerie terrifiante, parce qu'il cligne de son œil aveugle, aveugle et larmoyant, qui menace de se changer en cataracte.

Si ses bras et ses jambes n'étaient pas si emmêlés, si elle n'était pas un serpent glissant et lové, étranglé dans un masque, je jurerais que c'est ma femme Alberta, ou sinon Alberta, du moins une autre — quoique je penche pour Alberta. Je pensais que je reconnaîtrais toujours le chat d'Alberta, mais entortillé ainsi avec un masque entre les jambes, tous les chats se ressemblent, et sur chaque trou d'égout il y a une grille, et dans chaque cosse il y a un pois, et derrière chaque fente il y a un homme au masque de fer.

Assis sur la chaise près du lit en fer, mes bretelles défaites et un marteau à vapeur qui me pilonne le crâne, je commence à rêver des femmes que j'ai connues. Celles qui se détraquaient le pubis rien que pour que le médecin leur enfonce un doigt de caoutchouc dedans, et leur tapote les rugosités de l'épiglotte. Celles qui avaient des membranes si minces qu'une égratignure d'épingle retentissait dans leur vessie descendue comme les chutes du Niagara. Celles qui passaient des heures à se retourner l'utérus afin de le piquer avec une aiguille à repriser. Drôles de femmes, un peu chien, avec des têtes fourrées, et toujours un réveille-matin ou un puzzle caché au mauvais endroit ; juste au mauvais moment, le réveil se mettait à sonner ; juste quand le ciel flamboie de chandelles romaines, et que des crabes et des étoiles de mer jaillissent des étincelles mouillées, juste alors, immanquablement, un morceau du puzzle se casse, un fil de fer claque, un clou vous perce le doigt, un corset pourrit de transpiration. Étranges femmes au faciès de chiens, portant des cols raides, les lèvres tombantes, les yeux contractés. Danseuses démons, venues du Palatinat avec leurs grosses croupes, et la porte est toujours entrouverte, et un crachoir à la place du porte-parapluies. Athlètes en celluloïd, qui éclatent comme des balles de ping-pong, quand elles s'élancent à travers la lumière des lampes à gaz. Étranges femmes — et je suis toujours assis près d'un lit de fer. Si adroits leurs doigts, que le marteau retombe toujours au beau milieu de mon crâne, et fait craquer la glu des jointures. La boîte crânienne est comme une saucisse de Hambourg dans un étalage fumant.

En traversant le vestibule de l'hôtel, je vois une foule rassemblée autour du bar. J'entre, et soudain j'entends un enfant qui hurle de douleur. Il est debout sur une table au milieu des gens. C'est une fillette, et elle a une fente dans la tête, juste sur la tempe. Le sang gicle. Il gicle, sans couler le long de sa figure. Chaque fois que la fente s'écarte, je vois quelque chose qui bouge à l'intérieur. On dirait un poussin. Je regarde attentivement. Cette fois, j'ai bien vu. C'est un coucou ! Les gens rient. Pendant ce temps, l'enfant hurle de douleur.

Dans l'antichambre, j'entends les malades tousser et se racler les pieds ; j'entends les pages d'un magazine qu'on ferme et une voiture de laitier qui roule sur le pavé, dehors. Ma femme est assise sur un tabouret blanc, la tête de l'enfant repose contre ma poitrine. La blessure de sa tempe palpite, palpite, comme un pouls appuyé contre mon cœur. Le chirurgien est en blouse blanche, il marche de long en large, tirant sur sa cigarette. De temps à autre, il s'arrête près de la fenêtre pour regarder le temps qu'il fait. Enfin il se lave les mains et passe ses gants de caoutchouc. Une fois ganté, il allume une flamme sous les instruments ; puis il regarde sa montre distraitement et feuillette les factures qui sont sur le bureau. L'enfant gémit maintenant ; tout son corps frémit de douleur. Je lui ai attaché les bras et les jambes. J'attends que les instruments aient bouilli.

Enfin le chirurgien est prêt. Assis sur un petit tabouret blanc, il choisit un long, délicat instrument, en rougit la pointe à la flamme, et sans un mot d'avertissement il le plonge dans la plaie ouverte. L'enfant pousse un cri si terrifiant que ma femme tombe par terre, évanouie. « Ne faites pas attention à *elle*, dit le chirurgien plein de sang-froid, en repoussant son corps du pied. Tenez bon maintenant ! » Et trempant son instrument atroce dans un antiseptique bouillant, il plonge la lame dans la tempe et l'y maintient jusqu'à ce que des flammes jaillissent de la blessure. Puis, avec la même rapidité diabolique, il retire brusquement l'instrument, auquel est attaché par un œillet un long cordon blanc qui peu à peu se transforme en flanelle rouge, puis en gomme à mâcher, puis en coquelicot, et enfin en sciure. Comme le dernier flocon de sciure sort de la plaie, celle-ci se referme, propre et de bonne chair, sans laisser la moindre trace de cicatrice. L'enfant me regarde avec un sourire paisible, et glissant de mes genoux, va tranquillement jouer dans un coin de la pièce.

« Voilà qui est excellent ! dit le chirurgien, vraiment tout à fait excellent ! »

« Oh vraiment ? » hurlé-je. Et bondissant comme un fou, je le renverse de son tabouret, et mes genoux solidement enfoncés dans sa poitrine, je saisis l'instrument le plus proche, et je me mets à le larder avec. Je le laboure comme un démon. Je lui fais sauter les yeux, je lui crève les tympans, je lui fends la langue, je lui casse la trachée, je lui aplatis le nez. Je lui arrache ses vêtements pour lui brûler la poitrine jusqu'à ce qu'elle fume, et pendant que la chair est encore à vif et frémissante du fer chaud, je déroule l'épiderme et je verse de l'acide nitrique à l'intérieur — jusqu'à ce que j'entende rissoler le cœur et les poumons.

Jusqu'à ce que la fumée me fasse presque défaillir et tomber à genoux.

Pendant ce temps, l'enfant folle de joie bat des mains. Je me lève pour chercher un marteau, et je remarque ma femme assise dans l'autre coin. Elle paraît trop paralysée par la peur pour se lever. Tout ce qu'elle peut faire est de murmurer : « Démon ! Démon ! » Je cours en bas chercher le marteau.

Dans l'obscurité, il me semble distinguer une forme debout à côté du petit piano d'ébène. La lampe fume, mais il y a juste assez de lumière pour mettre un halo autour de la tête de l'homme. Il lit à haute et monotone voix dans un grand livre de fer. Il lit comme un rabbin qui psalmodie ses prières. Sa tête est rejetée en arrière en extase, comme si elle était définitivement disloquée. On dirait un réverbère cassé qui luit dans le brouillard. À mesure que l'obscurité augmente, sa lamentation devient de plus en plus monotone. Finalement, je ne vois plus que le halo autour de sa tête. Cela aussi disparaît, et je m'aperçois que je suis devenu aveugle. Je suis comme un noyé qui verrait surgir tout son passé. Non seulement mon passé personnel, mais celui de toute la race humaine, que je traverse sur le dos d'une énorme tortue. Nous cheminons avec la terre à une allure d'escargot. Nous atteignons les limites de son orbite, puis, avec une curieuse démarche déhanchée, nous titubons rapidement à travers toutes les maisons vides du zodiaque. Nous voyons les étranges formes fantastiques du règne animal, les races perdues qui n'étaient parvenues au sommet de l'échelle que pour sombrer au fond de l'océan. Surtout ce doux oiseau rouge, dont le plumage est tout flamboyant. L'oiseau rouge, rapide comme une flèche, et qui va toujours vers le nord. À tire-d'aile vers le nord, survolant les corps des morts et dans son sillage, toute une nuée de vers d'anges, essaim aveuglant qui voile la lumière du soleil.

Lentement, comme si on écartait des voiles, l'obscurité se dissipe et je discerne la silhouette d'un homme debout près du piano, le grand livre de fer à la main, la tête rejetée en arrière. Sa voix monotone psalmodie la litanie des morts. Bientôt, il se met à marcher de long en large, d'un pas vif et mécanique, comme s'il faisait distraitement de l'exercice. Ses mouvements obéissent à un rythme saccadé, automatique, qui est exaspérant à voir. Il se conduit comme un animal de laboratoire, à qui l'on a ôté une partie du cerveau. Chaque fois qu'il arrive devant le piano, il frappe quelques accords au hasard — plink ! plank ! plonk ! — tout en marmonnant quelque chose à voix basse. S'approchant vivement du mur est, il marmonne : « théorie de la ventilation » ; puis du mur ouest, il marmonne : « théorie des contraires » ; virant nord-nord-ouest, il marmonne : « théorie de l'air frais tout mouillé ». Et ainsi de suite. Il va comme un vieux schooner quatre-mâts aux prises avec la tempête, ses bras pendent sans force, sa tête s'incline légèrement d'un côté. Mouvement vif, infatigable, comme une navette qui vole sur un métier. Soudain, cap plein nord, il marmonne : « Z comme zèbre..., zeb, zuet, Zacharie..., pas de signe b comme bretzels... »

Tournant les pages du livre de fer, je m'aperçois que c'est un recueil de poèmes du Moyen Âge sur les momies. Chaque poème contient un remède pour le traitement des maladies de la peau. C'est le *Journal de la Grande Peste*, écrit par un moine juif. Une sorte de chronique compliquée des maladies de la peau chantée par les troubadours. L'écriture est en forme de notes de musique, représentant toutes les bêtes qui rampent et portent malheur, comme la taupe, le crapaud, le basilic, l'anguille, l'escarbot, la chauve-souris, la tortue, la souris blanche. Chaque poème contient une formule pour exorciser le corps des démons qui infestent les couches internes de la peau.

Mon regard erre de la page de musique à la chasse au loup qui a lieu au-delà des grilles. Le sol est couvert de neige, et dans le champ ovale près du mur du château, deux chevaliers armés de longues rapières harcèlent le loup à mort. Avec une grâce et une dextérité miraculeuses, le loup est peu à peu amené dans la position voulue pour recevoir le coup mortel. J'éprouve une sensation voluptueuse à regarder le coup de grâce longtemps différé. Au moment où la lance va être enfoncée, cheval et cavalier sont ramassés en une détente d'une élasticité bouleversante : d'un seul mouvement simultané, le loup, le cheval et son cavalier tournent autour du pivot de la mort. Comme la lance vole à travers le corps du loup, le sol se soulève doucement, l'horizon s'incline, le ciel est bleu comme un couteau.

Traversant la colonnade, j'arrive aux rues en contrebas qui mènent à la ville. Les maisons sont entourées de hautes cheminées noires qui vomissent une fumée sulfureuse. Finalement j'arrive à l'usine de caisses, et par une fenêtre j'aperçois les estropiés alignés dans la cour. Aucun d'eux n'a de pieds, rares ceux qui ont des bras. Leurs visages sont couverts de suie. Tous ont des médailles sur la poitrine.

Avec horreur et stupéfaction, je m'aperçois peu à peu que de la longue glissière qui descend contre le mur de l'usine, une coulée ininterrompue de cercueils se vide dans la cour. À mesure qu'ils dégringolent, un homme s'avance sur ses moignons, et s'arrêtant un moment pour hisser le fardeau sur son dos, s'en va péniblement avec son cercueil. Ce manège continue sans arrêt, sans la moindre interruption, sans le moindre bruit. Mon visage est ruisselant de sueur. Je veux m'enfuir, mais mes pieds sont rivés au sol. Peut-être n'ai-je pas de pieds. Je m'accroche au cadre de la fenêtre et sans oser baisser les yeux, je lève prudemment et craintivement mon pied jusqu'à ce que je puisse toucher le talon de mon soulier de la main. Je répète l'expérience avec l'autre pied. Puis, saisi de panique, je cherche vivement la sortie. La pièce où je me tiens est jonchée de caisses d'emballage ; il y a des marteaux et des clous de tous côtés. Je me faufile entre les caisses vides, à la recherche de la porte. À peine l'ai-je trouvée, que mon pied bute contre une caisse vide. J'y jette un coup d'œil, et voici qu'elle n'est pas vide ! Vite, j'inspecte les autres. Aucune n'est vide ! Dans chaque caisse il y a un squelette enveloppé de papier d'emballage. Je cours d'un corridor à l'autre, cherchant frénétiquement l'escalier. Dans ma fuite à travers les vestibules, je sens l'odeur des liquides à embaumer qui suinte des portes. Enfin j'arrive à l'escalier, et comme je le descends quatre à quatre, j'aperçois un index en émail blanc à l'étage inférieur qui désigne : La Morgue.

Il fait nuit, et je rentre chez moi. Mon chemin traverse un parc abandonné pareil à ceux que je traverse souvent dans l'obscurité quand je ferme les yeux et que je n'entends que la respiration des murs. J'ai l'impression d'être dans une île entourée de criques rocheuses et de goulets. Mêmes petits ponts avec leurs lanternes de papier, bancs rustiques jetés le long des allées sablées, pagodes où l'on vend des objets de confection, balançoires brillantes, parasols, rochers escarpés au-dessus des criques, léger papier chinois qui enveloppe les pétards. Tout est exactement comme avant, même le bruit du carrousel et des cerfs-volants voletant dans les branches enchevêtrées des arbres. *Sauf que maintenant c'est l'hiver.* Plein hiver, et toutes les routes sont couvertes de neige, neige épaisse qui les rend presque impraticables.

Je m'arrête un moment au sommet de l'un de ces ponts japonais en dos d'âne, penché sur la balustrade, pour rassembler mes idées. Toutes les routes s'étendent nettement devant moi. Elles courent en lignes parallèles. Dans ce parc boisé que je connais si bien, je me sens en parfaite sécurité. Je pourrais me tenir là sur ce pont éternellement, sûr de ma destination. Il me paraît à peine nécessaire d'aller plus loin, car je suis maintenant sur le seuil, pourrais-je dire, de mon royaume, et son imminence me tranquillise. Comme je le connais bien ce petit pont, ce bouquet d'arbres, le ruisseau qui coule dessous ! Je pourrais y rester éternellement, perdu dans une sécurité sans bornes, bercé et à jamais ravi par le murmure liquide du ruisseau. Sur les pierres moussues, il roule inlassablement ses eaux. Ruisseau de neige fondue, paresseux à la surface, rapide au-dessous. Clair comme de la glace sous le pont. Si clair que j'en mesure la profondeur du regard. Clair de glace jusqu'au cou.

Maintenant, sortant du bois épais et sombre, parmi les cyprès et les arbres toujours verts, apparaît un couple de fantômes se donnant le bras, aux mouvements lents et langoureux. Ils sont en tenue de soirée, la femme en robe décolletée, lui avec des boutons de manchette qui luisent. Ils vont à travers la neige à pas aériens, les pieds de la femme si doux et si secs, ses bras nus. Pas de crissement de neige, pas de hurlement de vent. Une éclatante lumière de diamant, et des ruisselets de neige qui se dissolvent dans la nuit. Des ruisselets de neige poudreuse, qui glissent sous les arbustes verts. Pas de grincement de mâchoire, pas de hurlement de loup. Ruisselets et ruisselets dans la clarté glacée de la lune, frémissement de l'eau blanche qui court, pétales léchant le pont, et l'île flotte à la dérive sans fin, ses rochers emmêlés de cheveux, ses criques et ses vallons d'un noir éclatant sous le scintillement argenté des étoiles.

En avant toujours dans le flux fantastique, en avant vers les genoux du vallon et les eaux aux blanches moustaches. Ils s'enfoncent, mes fantômes, dans les profondeurs claires et glacées du ruisseau, dos nu de la femme, parure luisante de l'homme, et de très loin arrive le tintement plaintif des rideaux de verre qui effleurent les dents de métal du carrousel. L'eau se précipite en une mince nappe de verre entre les monticules blancs des berges ; au-dessous des genoux, elle entraîne les pieds amputés comme des piédestaux brisés devant une avalanche. En avant toujours, ils glissent maintenant sur leurs moignons glacés, étendant leurs ailes de chauves-souris, leurs vêtements collés à leurs membres. Et toujours l'eau monte, plus haut, plus haut, et l'air se refroidit, et la neige étincelle comme de la poudre de diamants. Des cyprès qui dominent, suinte un vert mat et métallique, ombre verte qui déferle sur les rives et tache les profondeurs glaciales de la rivière. La femme est assise comme un ange sur une rivière de glace, ailes étendues, cheveux rejetés en arrière en ondes raides et vitreuses.

Soudain, comme du verre filé sous l'action d'une flamme bleue, le ruisseau s'avive en langues de feu. Le long d'une rue flamboyante de couleur, se meut une dense foule d'équinoxe. C'est la rue des anciens chagrins, où les taudis s'égrènent comme des wagons de chemin de fer, et où toutes les maisons sont flanquées de pieux de fer. Rue qui descend en pente douce vers le soleil, et puis, comme une flèche, se perd dans l'espace. Là où, autrefois, il s'incurvait avec un bruit sinistre et grinçant, avec ses toits raides et pompeux et ses murs nus et morts, le ruisseau de la rue maintenant glisse à sa place comme une aiguille qu'on ouvre, les maisons s'alignent, les arbres fleurissent. Le Temps ni le but ne m'inquiètent maintenant. J'avance dans un ronronnement doré à travers un sirop de corps chauds et indolents.

Tel un fils prodigue, je redescends tout à loisir la rue de ma jeunesse. Je ne suis ni surpris ni déçu. Du périmètre des six extrémités, je suis revenu en flânant par des chemins détournés au moyeu où tout est changement et transformation, agneau candide qui change continuellement sa toison. Quand je hurlais de douleur sur les crêtes des montagnes, quand je suffoquais d'alcali dans les blanches vallées étouffantes, quand, traversant à gué les torrents indolents, mes pieds se meurtrissaient aux roches et aux coquillages, quand je léchais la sueur salée des champs de citronniers, ou que je gisais dans des fours en feu, attendant d'y être rôti..., *quand donc se passait tout cela, pour que je n'aie jamais oublié ce qui n'est plus ?*

Quand le corbillard que j'accueillis avec joie parcourut cette froide et funéraire rue, avais-je déjà fait peau neuve ? J'étais l'agneau, et on m'avait chassé. J'étais l'agneau, et on fit de moi un tigre rayé. Je suis né dans un fourré avec un blanc manteau de douce laine. Rien qu'un bref moment j'ai pu paître paisiblement, puis une patte s'est abattue sur moi. Dans la chaleur suffocante de la fin du jour, j'ai entendu un souffle derrière les rideaux ; j'ai rôdé lentement au-delà des maisons, attentif à l'épais battement de mon sang. Et puis un soir je me suis réveillé sur un banc dur, dans un jardin glacé du Sud. J'ai entendu le sifflement lugubre du train, j'ai vu les blanches routes sablonneuses qui luisaient comme des pistes de crânes.

Si je parcours la terre sans joie ni peine, c'est parce que à Tallahassee on m'a arraché les entrailles. Dans un coin, contre une palissade délabrée, ils m'ont fouillé le ventre avec leurs pattes sales, et d'un coup de surin rouillé ils ont tranché tout ce qui était à moi, tout ce qui était sacré, privé, tabou. À Tallahassee, ils m'ont arraché les entrailles ; ils m'ont traîné autour de la ville et m'ont rayé comme un tigre. Jadis, je sifflais de mon plein droit. Jadis, je me promenais de par les rues, en écoutant le sang battre à travers la lumière tamisée des volets. Maintenant, il y a un rugissement en moi comme d'un carnaval en plein délire. Mes flancs éclatent d'un million d'airs d'orgue de Barbarie. Je descends la rue des anciens chagrins, tandis que le carnaval donne à plein. Je me traîne péniblement égrenant les airs que j'ai appris. Dépravé joyeux et fainéant qui roule d'un bord à l'autre du trottoir. Écheveau de chair humaine qui se balance comme une pesante corde.

Dans les jardins suspendus en spirale du casino où les cocons éclatent, une femme qui monte lentement l'allée des fleurs s'arrête un moment pour assener sur moi tout le poids de son sexe. Ma tête oscille automatiquement d'un côté à l'autre, cloche folle collée dans un beffroi. Comme elle s'éloigne, le sens de ses paroles me devient clair. *Le cimetière,* dit-elle, *avez-vous vu ce qu'ils ont fait du cimetière ?* Déambulant dans le pressoir chaud, volets grands ouverts, les perrons grouillants d'enfants, je ne cesse de penser à ses paroles. Déambulant avec la fantaisie insouciante des nègres, chemise ouverte, les pieds plats, orteils étalés, scrotum tendu. Une suave fragrance des pays chauds m'enveloppe, je me sens de bonne humeur, mon sang épais comme de la molasse bat de ses ailes de condor.

Ils ont fait à la rue ce que Joseph a fait à l'Égypte. Ce qu'*ils* ont fait ? Plus de *vous,* et plus de *ils* désormais. Terre du blé mûr et doré, terre des Peaux-Rouges et des beaux gars noirs. Qui *ils* sont, qui ils étaient, je ne sais pas. Je sais seulement qu'ils se sont emparés du pays et qu'ils l'ont fait sourire, qu'ils ont pris le cimetière et en ont fait un champ fertile et gémissant. Chaque pierre a été enlevée, toutes les couronnes, toutes les croix ont disparu. À côté de chez moi, il n'y a plus qu'un grand échiquier en contrebas, tout gémissant de fourrage. La glèbe est riche et noire, des mulets patients et robustes enfoncent leurs minces sabots dans la glaise humide que la charrue découpe comme du fromage mou. Le cimetière entier chante sa riche et grasse récolte. Chante dans les tiges de blé, d'avoine, de seigle, d'orge. Le cimetière est gorgé de choses à manger, les mulets fouettent l'air de la queue, les grands gars noirs bourdonnent et psalmodient, et la sueur coule de leurs tibias.

Toute la rue maintenant vit des terrains du cimetière. L'abondance pour tous. Plus qu'il n'en faut. L'excès de fourrage passe en vapeur, en chansons et en danses, en dépravité, en insouciance. Qui aurait cru que les pauvres bougres aux poitrines aplaties pourrissant sous les pierres tombales possédassent tant de fertilisante sagesse ! Qui aurait cru que ces Luthériens décharnés, ces Presbytériens aux jambes en fuseau, eussent encore de si bonne viande grasse sur les os, et qu'ils pussent donner si merveilleuse récolte de corruption, si riches nichées de vers ? Même les épitaphes sèches, gravées par les tailleurs de pierre, ont eu leur pouvoir de fécondation. Tout tranquillement, sous le gazon frais, ces vampires lubriques, ces fornicateurs exercent leur puissance et leur gloire. Nulle part au monde ai-je vu cimetière ainsi fleurir. Nulle part dans le vaste monde, existe-t-il fumier aussi riche, aussi plein d'exhalaisons. Rue des anciens chagrins, je vous embrasse ! Plus de visages blêmes, plus de crânes de Beethoven, plus de tibias croisés, plus de jambes en fuseau. Je ne vois que blé et maïs, tournesols et lilas. Je vois la houe universelle, le mulet dans ses traits, de larges pieds plats aux doigts étalés et la riche glaise soyeuse qui glisse entre les orteils. Je vois des mouchoirs rouges, des jupes bleues fanées et de vastes sombreros tout luisants de sueur. J'entends des mouches bourdonner, et des voix paresseuses bourdonnent aussi. L'air ronfle d'une joie insouciante et déchaînée ; l'air ronfle d'insectes et leurs ailes poudrées sèment le pollen et la dépravation. Je n'entends ni cloches, ni sifflets, ni gongs, ni freins qui grincent. J'entends le bruit clair de la houe, l'égouttement de l'eau qui s'égoutte, le vrombissant et tranquille pandémonium du labeur.

J'entends la guitare et l'harmonica, un doux tam-tam, un crépitement de pantoufles ; j'entends les stores qu'on baisse, et le braiement profond d'un baudet absorbé dans son picotin.

Plus de blêmes visages blancs, Dieu merci ! Je vois le coolie, le beau gars noir, la squaw. Je vois les teintes de chocolat et de cannelle ; je vois un vert olive méditerranéen, un or fauve hawaiien ; je vois chaque teinte pure et croisée — mais *pas de blanc* ! Le crâne et les tibias ont disparu avec les pierres tombales, les ossements blancs d'une race blanche ont donné leur moisson. Je vois que tout ce qui appartient à leur nom et à leur souvenir s'est effacé, et cela, *cela* me rend fou de joie. Dans le bourdonnement des champs, là où la terre autrefois était bosselée en absurdes petits tumulus, je flâne le long des sillons humides avec des pieds avides et tintants. À droite, à gauche, je suis éclaboussé de glaise juteuse et végétale ; boue écrasée par la roue, larges feuilles vertes des choux, baies qui éclatent, jus acide de l'olive. Piétinant les vers repus de morts, les refoulant de nouveau dans la terre, je vais dans la félicité. Comme un marin ivre, je titube d'un côté à l'autre, les pieds trempés, les mains sèches. À travers les champs de blé, je cherche les flocons des nuages ; mes yeux voyagent le long du fleuve avec ses dhaws chargés bas, et la lente dérive de ses voiles et de ses mâts. Je vois le soleil dardant ses larges rayons, suçant doucement le sein de fleuve. Sur la rive lointaine, les perches pointues des wigwams, les lentes volutes de fumée. Je vois le tomahawk qui vole à travers les airs au son des hurlements familiers qui glacent le sang. Je vois les visages peints, les perles brillantes, la douce danse des mocassins, les longues tétines flasques, et le papoose à soutaches.

Delaware et Lackawanna, Monongahela, le Mohawk, le Shenandoah, Narrangansett, Tuskagee, Oskaloosa, Kalamazoo, Seminole et

Pawnee, Cherokee, le Grand Manitou, Pied Noir, la chaîne de Navajo : pareils à un immense nuage rouge, colonne de feu, vision d'une magnificence proscrite de notre terre qui passe devant mes yeux. Je ne vois ni Lettons, ni Croates, ni Finnois, ni Danois, ni Suédois, ni Irlandais, ni macaronis, ni Chinois, ni Polonais, ni grenouillards, ni boches, ni youpins. Je vois les Juifs assis dans leurs nids d'aigles, faces de cuir parcheminé, crânes ratatinés et mous.

De nouveau le tomahawk étincelle, les scalps volent, et du lit de la rivière roule un éclatant et houleux nuage de sang. Des flancs de la montagne, des profondes cavernes, des marécages et des Jardins Éternels de la Floride, s'écoule un déluge d'hommes maculés de sang. Des Sierras jusqu'aux Appalaches, la terre fume du sang des tués. Mon scalp est enlevé, la chair grise pend en lambeaux sur mes oreilles ; on me rôtit les pieds, on me perce de flèches. Prisonnier contre une palissade brisée, je gis, mes tripes à côté de moi ; tout mutilé et tout sanglant, le beau temple blanc qui était tendu de peau et de muscles. Le vent rugit à travers un rectum arraché, et hurle comme une kyrielle de lépreux. Une flamme blanche, un jet de glace bleue, un rameau de torche tournoie dans mes boyaux vides. Mes bras sont arrachés de leurs jointures. Je suis plein de gemmes à vif qui saignent avec un éclat de glace. Mon corps est un sépulcre que violent des vampires. Avec ses milliers de lances acérées, le soleil perce mes blessures, les gemmes étincellent, les tripes hurlent. Jour ou nuit, je ne sais plus ; la tente du monde s'affaisse comme un ballon crevé. Dans une flamme de sang, je sens le contact froid d'une tenaille : on me traîne à travers la gorge de la rivière, aveugle et impuissant, j'étouffe, je halète, je hurle d'impuissance. Au loin, j'entends la ruée de l'eau glacée, le gémissement des chacals sous la verdure ; à travers la verte et sombre forêt, une tache de lumière s'étend, lumière vernale, prussique, qui tache la neige et les profondeurs glacées du ruisseau. Un gargouillement agréable, étouffé, un calme pandémonium, comme lorsque l'ange aux ailes déployées flottait sans jambes sous le pont...

Les ruisseaux des rues sont remplis de neige. C'est l'hiver et le soleil a cet éclat atténué d'or luisant qu'il a à midi. Je descends la rue, longeant les maisons. Pendant une heure ou deux, tant que le soleil dure, tout se change en eau, tout coule, ruisselle, gargouille. Entre les bords des trottoirs et les masses de neige, monte une crue d'eau claire et bleue. En moi, c'est une crue qui remplit l'étroit goulet de mes veines. Bleu ruisseau limpide qui circule en moi de mes orteils à la racine de mes cheveux. Je suis à la merci du dégel des pieds à la tête, et j'étouffe d'une gaieté bleu de glace.

Je descends la rue, je longe les maisons, avec cette gaieté bleu de glace qui bat dans mes veines étroites et m'étouffe. La neige de l'hiver fond, les ruisseaux des rues débordent. Douleur et joie avec elle, fondues, goutte à goutte, et se déversant dans l'égout. Soudain les cloches se mettent à sonner, cloches déchaînées, funèbres, aux langues obscènes, aux cruels battants de fer qui fracassent les hémorroïdes en verre des veines. À travers la neige qui fond règne le carnage : poneys chinois avec leur moisson de scalps, longs insectes aux fines jointures et aux mandibules vertes. Devant chaque maison, une grille de fer barbelée de fleurs bleues.

Dans la rue des premiers chagrins descend la vieille mégère, prenant le vent, ses vastes voiles déployées, sa robe gonflée de crânes. Terrifiés, nous fuyons la nuit, penchés sur l'album vert, avec son riche décor de jambes frontales, le sourcil proéminent. De tous les perrons qui s'en vont en pourriture, sortent des sifflements de serpents qui grouillent dans le sac, la corde liée, les boyaux noués. Fleurs bleues, tachetées comme des léopards, écrasées, sucées jusqu'au sang, la terre comme une tache vernale, or, moelle, brillante poussière d'ossements, trois ailes là-haut et la course du cheval blanc, aux yeux d'ammoniaque.

La neige fondue fond de plus belle, le fer se rouille, les feuilles fleurissent. Dans le coin, sous le chemin de fer aérien, se tient un homme en chapeau tube, serge bleue et guêtres de toile, moustache blanche hachée très fin. Tournez le bouton, et voilà que sort tout le jus de tabac, les citrons d'or, les défenses d'éléphant, les candélabres. Moishe Pippik, le marchand de citrons, constellé de pigeons, qui couve des œufs propres dans la poche de son gilet, et des cravates pourpres, et des pastèques, et des épinards aux courtes tiges, filandreux et souillés de goudron. Sifflement des glands qui s'agitent bruyamment, fébrile agitation des filles aux pansements de lysol, d'ammoniaque et de camphre, petites cahutes de mica, cosses de cacahouètes, triangulaires et froncées, tout cela défile triomphalement sous la brise du matin. La lumière matinale arrive toute froissée, les carreaux des fenêtres sont rayés, les couvertures déchirées, la toile cirée fanée. Passe un homme aux cheveux hérissés, sans courir, sans respirer, portant une girouette, qui tourne le coin brusquement et part comme un trait. Un homme qui ne pense ni comment ni pourquoi, mais qui marche seulement dans la nuit terne, avec toutes les étoiles à tribord, et des favoris chargés bien parés. Les boyaux bouillonnants, il réveille la nuit plaignante avec des chausse-trapes qui s'accordent de gauche à droite, plein midi sur l'océan hiémal, plein midi à la ronde matelots et gabiers jusqu'à tribord. Voici encore la girouette avec de longs avirons qui traversent les sabords, tous bruits assourdis. Silencieuse la nuit à quatre pattes, comme l'ouragan. Silencieuse, avec des caramels chargés et des dés de nickel. Sœur Monica joue de la guitare, chemise ouverte, lacets défaits, de larges rebords à chaque oreille. Sœur Monica, striée de chaux, de pâte dentifrice, les yeux moisis, crépue, crêpée, crénelée.

La rue des anciens chagrins s'élargit, les lèvres bleues pleurnichent, l'albatros fonce à tire-d'aile, son col sanglant déclenché, ses dents claquetantes. L'homme au melon fait craquer sa jambe gauche, à deux crans plus loin sur la droite, sous les plats-bords, le drapeau cubain tout épuisé de nouilles et de fausses oranges, avec des magnolias sauvages et de jeunes pousses de palmier, saupoudrées de craie et de bave verte. Sous le lit d'argent, le bol de géraniums blancs, deux raies pour le matin, trois pour le soir. Les castors roucoulent leur soif de sang. Le sang vient par goulées blanches, goulées étouffantes d'argile pétrie de dents cassées, de mucilage et de déchets d'ossements. Le sol est tout glissant d'allées et de venues, de ciseaux luisants, de longs couteaux, de tenailles chaudes et froides.

Dehors, sous la neige qui fond, la ménagerie s'échappe, d'abord les zèbres aux somptueuses planches blanches, puis les oiseaux de proie et les corneilles, puis les acacias et les tortues diamant. La verdure bâille, orteils écartés, l'oiseau rouge tournoie et plonge, la huppарde se casse le bec, le lézard micturionne, le chacal ronronne, les hyènes hoquettent, s'esclaffent et hoquettent à nouveau. Tout le vaste cimetière bien saupoudré fait craquer ses jointures dans la nuit. Les automates craquent aussi, tout empêtrés de puissantes armures, de gongs rouillés, de goupilles défaites, abandonnés par le trust du fer-blanc. Le beurre s'épanouit en immenses gerbes d'éventails, le beurre gras, oléagineux, marqué de pattes-d'oie et deux fois épicé par le Bourreau Jean la Crapule. Le beurre rancit à la Morgue, de pâles rayons de lune filtrent, les estuaires sont bouchés, les cargaisons se révulsent, les voies de garage sont bloquées. Des bantams bassets bruns garnis de jabots rouges et de fourrure de loutre broutent les terres basses. L'alouette fait une hémorragie. Les puits de magnésie entrent en ignition, l'aigle s'essore, là-haut, un couperet dans la cheville.

Sanglante et farouche, la nuit, avec tous les pieds d'épervier tailladés et parés. Sanglante et farouche la nuit, avec tous ses beffrois qui hululent, toutes les lattes arrachées et toutes les conduites de gaz éventrées. Sanglante et farouche la nuit, avec tous les muscles tordus, les orteils croisés, les cheveux hérissés, les dents rouges, l'échine brisée. Le monde entier, yeux grands ouverts, gazouille comme l'aube, et une lueur rouge rampe sur ses gencives. Durant toute la nuit, les peignes se brisent, les côtes chantent. Deux fois l'aube se lève, puis se sauve à nouveau. Dans la neige qui s'égoutte, les oxydes fument. Tout le long de la rue, les corbillards passent et repassent, vont et viennent, les cochers grignotent leurs longs fouets, leur crêpe blanc, leurs gants de coton.

Au nord, vers le pôle blanc, au sud vers le héron rouge, le pouls bat, sauvage et net. Une par une, avec d'étincelantes dents de verre, on coupe les cordes. Le canard arrive avec son large bec, et puis la belette au ventre bas. L'un après l'autre ils arrivent, sortis du fungus, leurs queues emplumées, les pieds palmés. Ils arrivent par vagues, courbés comme des perches de tramway, et passent sous le lit. Boue par terre et d'étranges signes, les fenêtres qui flambent, rien que des dents, puis des mains, puis des carottes, puis d'énormes oignons nomades aux yeux d'émeraude, comètes qui vont et viennent, passent et repassent.

À l'est vers les Mongols, à l'ouest vers les forêts rouges, le pouls bat, aller-retour. Oignons en marche, œufs jacassant, la ménagerie tourne comme une toupie. À des kilomètres de haut, sur les plages, gisent des lits de caviar rouge. Les brisants écument, font claquer leurs longs fouets. La marée rugit sous les glaciers verts. Plus vite, plus vite tourne la terre.

Du noir chaos sortent des spirales de lumière aux sabords coincés. Du néant, du vide statique, sort un équilibre définitif. Des fanons de baleine et de la toile de jute, cette chose folle appelée le sommeil, et qui marche comme une pendule perpétuelle.

128666

Composition Nord Compo.
Impression Novoprint
à Barcelone, le 17 novembre 2003
Dépôt légal: novembre 2003
Premier dépôt légal dans la collection: septembre 2003
ISBN 2-07-030384-6. / Imprimé en Espagne.